读者丛书

DUZHE CONGSHU

中华传统美德读本

冷雨中这一杯热茶

读者丛书编辑组/编

读者出版传媒股份有限公司

甘肃人民出版社

甘肃·兰州

图书在版编目（CIP）数据

冷雨中这一杯热茶 / 读者丛书编辑组编. -- 兰州 ：
甘肃人民出版社，2023.11
ISBN 978-7-226-05958-6

Ⅰ．①冷⋯ Ⅱ．①读⋯ Ⅲ．①散文集－中国－当代
Ⅳ．①I267

中国国家版本馆CIP数据核字(2023)第113295号

出　版　人：梁朝阳
总　策　划：梁朝阳　马永强　李树军
项目统筹：宁　恢　原彦平
策划编辑：高茂林
责任编辑：李青立
助理编辑：魏清露
封面设计：裴媛媛

冷雨中这一杯热茶

读者丛书编辑组　编

甘肃人民出版社出版发行

（730030　兰州市读者大道 568 号）

北京温林源印刷有限公司印刷

开本 710 毫米×1000 毫米　1 / 16　印张 14.5　插页 2　字数 185 千
2023 年 11 月第 1 版　2023 年 11 月第 1 次印刷
印数：1~5 000

ISBN 978－7－226－05958－6　　定价：39.00 元

目 录
CONTENTS

记不住的日子

肖复兴

在北大荒的时候，我见过一位守林老人。我们农场边上，靠近七星河南岸，有一片原始次生森林。老人一辈子在那里守林。他住在林子里的一座木刻楞房中，我们冬天去七星河修水利的路上，必要路过那座木刻楞，常会进去烤烤火，喝口热水，吃吃他的冻酸梨，逗逗他养的老猫，和他说会儿闲话。他话不多，大多时候，只是听我们说。附近的村子叫底窑，清朝时是烧窑制砖的老村，那里的人们都知道老人的经历，从清朝到日寇入侵，是受了不少苦的，一辈子孤苦伶仃一个人，守着一只老猫和一片老林子过活。

我一直对老人的经历很好奇，但是，问他什么，他都是笑笑，摇摇头。后来，我调到宣传队写节目，有一段时间专门住在底窑，每天和老人泡在一起，心想总能问出点儿什么，好写出个新颖些的忆苦思甜之类的节目。可是，他依然什么也没有对我说。不说，不等于对往事没有记忆，只是不愿意说罢了。我这样揣测。和老人告别，是在一个春雪消融的黄昏，他对我说，不是不愿意和你唠，是真的记不住了。我不大相信。他望着我疑惑的眼神，又说，孩子，不是啥事都记住就好，要是都记住了，我能活到现在？这是他对我说话最多的一次。

守林老人的话，说实在的，当时我并没有完全听懂。五十多年后，我读到马尔克斯的一句话："记得住的日子才是生活。"忽然想起了守林老人，觉得记忆这玩意儿，对作家来说，是一笔财富，记得住的东西，都可以化为妙笔生花的文字；对历尽沧桑的普通人来说，记得住的东西太多，恐怕真的难以熬过那漫长而跌宕的人生。我读中学的时代，人们经常引用列宁的"忘记过去，就意味着背叛"。其实，对普通人而言，过去要是真的都记住了，过去的暗影会压迫今天的日子，也可以说是压迫今天的生活，记忆会如梦魇般缠绕身边，这是可怕的。

前些日子，读到英国诗人莎拉·蒂斯代尔的一首题为《忘掉它》的短诗，其中有这样几句："忘掉它，永远永远。/ 时间是良友，它会使我们变成老年。/ 如果有人问起，就说已经忘记，/ 在很早，很早的往昔 / 像花，像火 / 像静静的足音，在早被遗忘的雪里。"我觉得这诗写的就是那位守林老人。

记得住的日子，是生活；记不住的日子，也是生活。

（摘自《读者》2023 年第 2 期）

一百元钱

杨本芬

哥哥用平反后补偿的钱买了材料，准备盖几间房子。他写信告诉了尚在湖北的母亲。母亲无法抽身回来，但书信不断。她有时在平信里放上十元、五元，最少三元，夹在信纸里寄给哥哥，并交代："回信时不要提钱的事，在信纸的右上角画一个圈，我就知道你收到钱了。"

哥哥收到钱，心里泛起波澜，有时甚至哭出声来。哥哥每次回信时都劝母亲不要这样做，他说："不管怎样，我总是拿工资的，而妈妈在乡下，搞点儿钱不容易，不要太苦了自己。"

母亲回信说："我还能做，种的棉花可以卖钱，种的菜也可以卖钱，只要人勤快。湖北种萝卜、白菜，都是大片大片地种，一卖就是上百斤。除了家用，我节省几个给你们，虽然是杯水车薪，但毕竟是当妈的一片心意，自己的亲生骨肉都不帮，那就不像个母亲了。只是我不想让王家叔叔晓得，怕他以为我将钱都搞回了家，身在曹营心在汉，对我有看法。"

后来，我的小孩接二连三地考取大学，母亲知道我有困难，也用同样的方式，把十元、五元，最少三元放在信里寄给我，同样让我画圈。我收到钱，总是要大哭一场。我知道母亲去卖萝卜、卖白菜有多辛苦。天不亮，她就要整理好菜；等天亮了，搬上拖拉机，人陪着菜一起坐在拖拉机的拖斗里。

母亲回信时告诉我，她不晕车，坐在拖拉机上，就像坐在母猪的肚子里，摇啊摇，还有些舒服呢。有一次，我实在忍不住问母亲："坐在猪肚子里是什么滋味？"母亲在信中说："母猪怀孕，小猪在母猪肚子里。母猪走路时，肚子一动一动，一摆一摆，摇摇晃晃。我坐在拖拉机上就像坐在母猪肚子里，摇摇晃晃的，所以挺舒服呢。"这封信，使我破例地笑了。

王家叔叔去世后，母亲回了湖南。我回家探母，睡觉前，跨进母亲房间里，昏黄而温暖的光芒一下罩住了我。母亲神秘兮兮的，从最里层的衣服口袋里拿出一百元给我。钱折得很小很小。崭新的票子，带着母亲的体温，打开时就发出噼噼啪啪的脆响。我一点儿都没推却，把它放进自己的钱包。

每年回家，母亲都给我一百元，已有几年了。

每次，我要回江西的头一天，母亲会一再交代："走的时候不要哭，你有你自己的家，不可能长期和我厮守。我和你哥哥弟弟住在一起，他们很孝顺我，日子好过，你不要操心我。你只要每年能回来看看我，我就知足了。"

说好不哭，但总是食言。我跨出门槛，头都不敢回，一句话也讲不出来。母亲默默地跟在后面送我，走了一段路便说："你走，我回去了。"我只能使劲地点头，不想让母亲看见我哭。我走出几十米远，回头想再看看坪里，居然看见母亲站在那棵橘子树下哭泣。

终于，我坐上了开往长沙的班车。哥哥朝我挥手的身影越来越小，直到消失。

我的座位旁边有五六个人在玩扑克牌，一张红桃 K 和一张黑桃 K 换来换去，旁边有人用三十元押红桃 K，另一个人在黑桃 K 上押了四十元。玩牌的人开了牌，是红桃 K，于是押红桃 K 的人就赢了那四十元。赚了钱的人喜笑颜开，输了钱的人也不丧气，唠叨一句："你不要高兴得太早了。"再押，上一局输了钱的人果然将钱赢了回来。

车开后，我的心里就空落落的。玩扑克牌的人就在我面前，我不由得看了几眼，觉得这牌容易押中。这时，旁边有一个三十多岁的男子，长相英俊，挺忠厚的样子，他对我说："你有钱吗？可惜我身上没有钱，这钱眼睁睁地让别人赚去了。"言语间透着诚恳和无奈。

我看看周围，大家都熟视无睹。我倒根本没想押不中，只是不好意思，一个女的跟一伙儿男的用扑克赌博，不成女赌徒了？但其实我也想赢点儿钱，毕竟女儿还有两个多月就考大学了。

那人对我说："莫押多，输赢也不大。"于是我红着脸，像做贼一样把预备从长沙坐车回家的二十元押了上去。我押的是红桃 K。牌一开，是黑桃 K。我在心里不停地念叨：怎么可能，怎么可能呢？我明明看见这边是红桃 K 啊。

变成一个赌徒，原来只需要一瞬间，我只想着一定要将输掉的钱赢回来。我一押再押，结果连带着母亲体温的崭新百元大钞都输掉了。幸亏只有那么点儿钱，否则后果将不堪设想，真是偷鸡不成蚀把米。

我强装着若无其事。到了长沙，便去有业务往来的公司借了二十元，买了车票，打道回府。而那伙玩牌的人，没到长沙就下车了，原来他们是一伙的，那个看上去是老实人的人是个媒子。

这件事成了我心中的秘密，现在已没有机会告诉母亲了。妈妈，对不起啊！

几年后，我和我的孩子们讲起这件事，他们直笑我："聪明一世，糊涂一时，想不到妈妈还会做这种蠢事啊。"

旅行继续着。由一年一次看望母亲变成了一年两次。大女儿特意给我买了一条短裤。短裤正中有一个隐形的口袋，外面有个拉链，回家看望母亲的钱，就装在这个口袋里，贴身穿着，确保万无一失。随着经济条件的好转，口袋里的钱慢慢地递增着。到了家，我走进母亲的房间，喜滋滋地从口袋里拿出带着我的体温的钱，递给母亲。

母亲接过钱，放进抽屉，说："我给你保管着，要用就到这里拿，车票钱也到这里拿，就在这张报纸下面。你别总给我钱，我老了，用钱的地方少了，你留着自己用。"

那条短裤我一直保存着，清理衣物时拿出来，轻轻摩挲那个隐秘的口袋。我透过眼前的雾水，仿佛看见母亲和我面对面站在房子中间。我拉开外裤的拉链，又拉开放钱的拉链，伸手抽出钱给母亲。那一刹那，深深定格在我的脑海里。就这样，我又一次把母亲留住了。

（摘自《读者》2022 年第 13 期）

卢芹斋的两面人生

胡一峰

近日媒体报道，一件疑似乾隆皇帝大祀时所穿的龙袍出现在英国宝龙拍卖行的网站上，标价高达 15 万英镑，合 130 多万元人民币。辛亥革命之后，确实出现过大批皇宫文物流散的情况。龙袍的原持有者英国军官奥夫利·肖尔就是于 1912 年在北京购得这件龙袍，卖家是谁已无法查考。

这些年，流失海外的中国文物一直牵动着国人敏感的神经，而谈及文物流失，大古董商卢芹斋也就不可避免地浮出水面。

卢芹斋又叫卢焕文，浙江湖州人，出身贫寒，曾在民国大佬张静江家做佣人。1902 年，他作为张静江的随员前往法国，在张静江的通运公司里打工。正如卢芹斋所说："20 世纪初，特别是 1900 年义和团运动时期，很多中国陶瓷和其他古董被趁乱带出境，流入法国，巴黎于是成了中国艺术品集散地。"当时，一只宋代小白瓷碗在山西的"进价"是 10 块大洋，到了巴黎则可以卖到 1 万美元的高价。就这样，通运公司抓住商机，挣了不少钱。

1908 年，卢芹斋在巴黎创立了来远公司，并游走中外，建起了自己的古董帝国。第一次世界大战爆发后，巴黎乃至整个欧洲的古董生意渐渐萧条。卢芹斋敏锐地意识到，战争已经将艺术中心从巴黎转移到纽约。于是 1915 年 3 月，他又将公司开到了纽约。很快，在美国的第一笔生意成交。他把湖州老乡庞莱臣手里的十几幅古代名画倒卖给美国的藏家弗利尔，售价 1.65 万美元。这些画中的大部分至今还保存在弗利尔美术馆中。

天生的商人头脑让卢芹斋在古董的名利场中如鱼得水。慢慢地，他把自己打造成文化大使，不但创造了一些词来描述中国艺术史，还出版了不少图书和画册。卢芹斋的古董铺成了文化沙龙，他还举办各种展览。在某种意义上，这个来自中国南方的古董商人塑造着欧洲藏家对中国艺术品的品位。据当时的美国媒体报道，每年秋天卢芹斋的文物展都会推出一个系列，从青铜器、陶瓷、雕塑到其他艺术品，引得人们兴致盎然，翘首以待。

此后，达到事业巅峰的卢芹斋开始出入各种社交场合，热心于公益活动，还经常对来自中国的留学生解囊相助。抗日战争爆发后，他还一度投入救亡运动之中。但这一切并不能掩盖他在祖国文物流失中的所作所为。如果说，他从私人藏家手中收购和倒卖艺术品，还可以勉强被视为经济行为，那么，为偷盗者洗白文物，就怎么都难辞其咎了。唐太宗李世民陵墓上著名的"昭陵六骏"石刻中的"二骏"，就是经由他的手进入费城宾夕法尼亚大学博物馆的。此外，卢芹斋还凭借复杂的买家和探子网络，成为倒卖龙门石窟雕像最重要的古董商。他曾不无狡黠地说："或许，我的一些同胞谴责我把一些文物运出中国。现在，那些文物被认为是国宝。我觉得，他们应首先指责当地居民。过去，他们对那些文物漠不关心。我从祖国出口的任何文物，均是在与他人竞争中从公开市场上购买的。可以说，我本人从未从原址搬走过一件文物。"然而，套用一句流行的话来说："没有买卖，就没有杀害。"正是卢芹斋之流的存在，刺激了文物偷盗行为。

早在1947年，郑振铎就呼吁要全力打击盗卖古物的不肖子孙。把重要文物私运出国，"简直是卖国行为，应该处以叛逆的罪名"。1950年5月24日，中央人民政府政务院颁布了《禁止珍贵文物图书出口暂行办法》等第一批保护文物的法规，有效地遏制了文物大规模外流的情况。而此前，卢芹斋在上海的"货"已被扣留和查封，他知道，自己的古董生意做到头了。但在宣布结束自己的古董生涯时，卢芹斋还自我辩护："我坚信，艺术品没有国界，它们作为无声的大使游走世界，让其他国家的人民了解伟大的中国文化，进而热爱中国。"

留心文物返回的人，可能会觉得卢芹斋的话似曾相识，因为今天还有人持类似看法。在他们看来，近代中国战火纷飞，文物远渡海外，客观上反而起到了保护作用。对此，大收藏家张伯驹的一段话，足以辨正："综清末民初鉴藏家，其时其境，与项子京、高士奇、安仪周、梁清标不同。彼则楚弓楚得，此则更有外邦之剽夺。亦有因而流出者，亦有得以保存者，则此时之书画鉴藏家，功罪各半矣。"张伯驹为保护文物不惜散尽家财，但他并不希望这些文物为子孙永保，更不以此牟利，反而这样说道："故予所收蓄，不必终予身为予有，但使永存吾土，世传有绪，是则予为是录之所愿也。"两相比较，高下立判。

（摘自《读者》2019年第2期）

奢华的"不"

梁朝辉

真正能塑造一个人的是界限，而非自由。你不做什么，才最终定义了你是什么。

欧洲有一句谚语说："咳嗽和贫穷是无法隐瞒的。"名利场的规则从来不是你要去做什么，而是你不要去做什么。不要轻信那些商人的谄媚，他们说，当你购买什么，你就成为什么。显然，这是典型的"油漆商理论"，以为刷上一层油漆就能改变内在的本质。

奢华，不是几双新鞋、几件定制西服。奢华是教养和品位，是一个人努力赢取社会财富后身上的气质和他日常的作为。尊严是在生存有余裕时才能提及的奢侈品。

奢侈品的表层含义是：最没用的东西就是最重要的。因此，奢华从来就不仅仅是获得一件物品，无论这件物品在美学设计上多么完美。奢华是一整套生活方式的组合，是高级的审美和对细节的打磨，是浑然一体的搭配。任何一件单品不过是一块带刺的积木，穿着者越是扬扬得意，旁观者越是觉得刺眼。

高级的奢侈品，属于奢华特性的不仅在于它的设计和搭配，还在于它适合什么样的天气、什么样的约会，更有替换的频率、鞋柜的干湿度保持、日常的保养、定期的修复。要经过时间的浸染，和拥有者磨合出彼此细致到千分之一毫米的熟悉度。

奢华不只是能跟上新潮的节拍，也要有足够的衣柜深度，总是能搭配出合乎氛围的穿着，而搭配本身却和时间的历练有关。奢华是穿了十年的皮鞋、二十年的西装，依旧一尘不染、笔直挺括。

努力了很久买几件和自己日常生活习惯不搭的奢侈品，虽然也是一种积极栽培奢华幼苗的方式，然而，竹笋和竹子终究不是一回事。就像很多新贵相信，努力砸钱就是奢华，只要自己足够富有，就可以跨越原本的阶层鸿沟。殊不知，他们只是迈过了物质的门槛，缺的却是态度和对细节的打磨。毕竟，奢华的反义词不是贫穷，而是浮夸的做作。

罗马的伟大，不在于奢华，而在于城市建筑的每一个姿态都经过艺术巨匠精心地设计，每一种设计都使时间和空间安详对视，每一回对视都让其他城市自愧不如。

奢华向外求胜，教养向内求安。和他人攀比倾慕奢华，和自己对话提高修养。律己要耐得住寂寞，通过与他人攀比平衡心理，品位就输给了奢华。

奢华不是你拥有什么，而是要牢记不要做什么，其中的微妙尺度，有时恰恰是需要根据别人的嘲讽来验证的。

可以奢华，却不能浪费，这是一个通用法则。懂酒的喝五万元一瓶的红酒一滴不剩可以，但你要了满桌的菜每个盘子只吃三口却不行。奢华的永远不是价格，而是价值。

奢华不只是晚上 9 点后的礼服酒会，奢华还是下午两点在公园里独自散步，穿了多年的皮鞋，板型依然标准。强大的内心，让人显得自然得体。

奢华来之不易，像历尽沧桑的陈年葡萄酒。终究，好多人即使拥有奢侈品，却只是像个奢侈品的推销员。

（摘自《读者》2019 年第 7 期）

山腔响远

凸 凹

一如有痛苦的地方就有呻吟，有疲累的地方就有歌声，古风流长、人情摇曳的山村，自然就有自己的戏剧。

故乡的戏剧，雅驯的名号叫"京西梆子"，本地人的称呼则是"山梆子"。

山梆子一说，更接近品性，便被叫得普遍。山里人率真、耿直，戏曲的腔调就纵情、高亢。唱段一起，就弄高声，好像把整个人都狠狠地甩出去，撞到山壁才往回折，然后再哼哼唧唧。哼唧的背后，是回味无穷的人生快乐。

对唱戏最上心的，自然是妙龄男女。山里人本来就长得清秀，若再施些粉黛油彩，穿一袭戏装，在戏台上一走，就好看得很，就惹台下的男女倾慕。于是，村里的青年男女，都会唱一些段子，都会走一场两场的步子，唱连台戏时，就都要争扮相。还有，素日里，老人们对自己的儿女看得极严，相互倾慕的男女若想凑到一起，就很费些周折。而唱戏的时候，人群熙攘，热闹如沸，老人们自己已沉浸其中了，就忘了别有所想的儿女，彼此倾慕的，就顺势聚在一起。由此看出，戏剧的本质，是给被禁锢的心灵以舒展的自由。

五叔是唱小生的尖子，与他搭对的，正是与他痴恋着的刘玉芝。初二晚上，五叔和玉芝唱《寻夫记》。其中，玉芝有长长的一段大哭腔："一更的一点月牙儿高，寻夫佳人泪花儿飘；盼夫盼到年关到，见一见我儿的父哇，不枉走一遭，不枉走一遭……"

玉芝唱着唱着，想到素日里与五叔聚会之难，便酸水浸了心肝，涕泪汹涌遮面，一念二叹三咳咳，把个寻夫的寡女唱真切了，惹得台下老少呜哇成一片。

戏自然要演到团聚，五叔在幕后已被玉芝唱得泪眼婆娑了，上场时自然真情荡漾，便与角中的玉芝死命地抱在一起。

台下，玉芝的爹顿觉出个中滋味儿，便吼："孽畜，演戏就演戏，还真抱！"

台下便有些乱。台上的司鼓就急了，冲玉芝爹呵斥道："你捣的是哪门子乱呢，再不住嘴，就把你轰出去！"

玉芝爹便矮了身子，半羞半恼，也恨也怨。

戏虽散场，玉芝和五叔的爱情却爆发得不可收拾。由此可以看出，生活孕育了戏剧，戏剧推进了生活。并且，由于生活的难与苦，使无能力改变现实的这群人，更愿意在戏里生存。

一如糖甜到深处就感到酸，山梆子唱到醋处自然就感到了缺陷。它最明显的缺陷就是硬，缺少跌宕与委婉——高亢明亮有余，余音绕梁、耐人回味的意境不足。也不迁就嗓子，吼过几场之后，就嘶哑，使人感到遗憾：快乐尽管快乐吧，为什么还附以苦？

幸运的是，这里比邻河北省涿州，那里行世的戏剧叫河北梆子，是全国著名的剧种。它的唱腔，既高亢明亮，又哀婉悠长，种种的好处，耳朵是听得出的。村里的有心人就常到涿州去看戏，一是享受，二就是偷——偷一些调门，回来嫁接。有心人中有个更有心的，叫李成存，他看上了一个唱青衣的角儿——柳棉桃。柳棉桃主演的《大登殿》《秦香莲》，他都耳熟能详，且每个唱段他都能接着茬口唱下去，便把这韵味带回村里。

因为是常客，柳棉桃也认识他，戏外相遇，忍不住朝他嫣然一笑。这一笑，让李成存失魂落魄，回到村里连续几天都窝在炕上。

一如乱世只有刀剑，唯有盛世才有琴弦。内乱开始，梨园封闭，柳棉桃也因出身不好，被戴上"反动戏子"的帽子，有一天竟被人架到高凳上，玩"坐飞机"的把戏。斗得兴起，有人踹翻了板凳，她跌下来，跌得颜面出血，一条腿也折了。李成存冲进人群，把她抱起来，一直抱回村里，把她"藏"在家里。

柳棉桃的不幸，却是山村之幸——虽然村里的戏场也被叫停，但并不阻止人们在生活中唱。村里的戏迷纷纷前来，听她唱念，并心仪拜师，谦恭地学下来。徐徐地，山梆子的硬，得以软化，愈加好唱、好听。

柳棉桃一早一晚都要在崖畔上练嗓。一如是溪水就自然要流淌，是花朵就自然要开放，练着练着，她收束不住内心的冲动，整段地唱起来。山村静寂，山风清越，她的唱腔就显得格外妖娆。村里人说，到底是专业剧团的，开口就是一个清澈，能把人心中的疙瘩唱舒展了。

伤愈之后，人们不忍她走，认为她本来就应该属于这个村子，不然一个陌生的山外人，怎么会一走进这里，就在心窝子里留下感情的根须了呢？便撺掇李成存有个动作，把一棵游走的树，栽在山里，使其繁花满树，悦人眼目。

村里人的愿望，增添了李成存的勇气，他向柳棉桃表达了心意。柳棉桃好像一扇门，就是准备着被推的，居然就接受了。倒弄得李成存有些不好意思，说："我这是不是有点儿乘人之危？"柳棉桃说："成存，你可别这么说，你也知道，涿州地界已无我的容身之地，戏是唱不下去了。再说，戏唱得再好，终究不是日子。戏是听的，而日子是过的。所以，我柳棉桃还得谢谢你。"李成存慌乱地说："不，不，你这是给了我李成存一份大恩德，容我日后慢慢报答。"

李成存的报答，是把柳棉桃当成墙上的画、台上的角儿，供起来。但是，越是不让她操持家务，她越是缝缝补补、浆浆洗洗——所有的粗活，她样样动手，直至把一双用来抖兰花指的纤纤妙手，弄得跟山里婆娘的一样粗糙多皱。越是不让她蒙受生养之累，以保持身段，她越是顺守传统，延续香火，一连给他生了三个儿子，以致身膀肥大，抬手投足间，与村妇无异。

李成存痛惜不已，说："是我害了你。"柳棉桃说："既然是生活，就要进入角色——我粗了手，却精细了日子；我臃肿了身子，却清爽妥帖了本心。戏毕竟是戏，不能拿戏里的架势表演生活，你一旦不能分辨戏和日子，就不快乐了。"

李成存感到，多亏了她是演戏的出身，戏文的教化、戏韵的濡染，使柳棉桃内心温柔，更懂事理，更热爱生活。因为敬重她这个人，他更加敬重戏，酝酿着，一旦时运改变，他一定为戏做点儿什么。

这一天到来的时候，李成存反而内心不平，满面愁容。因为唱戏须闲，养戏须钱，虽立下誓言，但他眼下的境况只有一个字：穷。

一如是柳就绿，是桃花就红，此时的柳棉桃一听到胡琴声，身膀就动，随口就唱出戏段，且板眼依旧方正，不改当初的好。

一个"好"字，让李成存做出了决断，他对柳棉桃说："邻村在挖煤，我要去走窑。"柳棉桃一愣，说："当矿工的都是一些青壮，你已经老了。"李成存说："但是钱可不管老幼，只需挣。"

柳棉桃自然知道他挣钱的用意，但若执意反对，会伤了男人的尊严。伤了男人的尊严，也就伤了自己的脸面，因为他们两个的缘分来自戏，戏的背后能让她真切地感受到一样东西——爱。

李成存的辛苦钱，让柳棉桃更感到戏曲之重。她不仅竭力调理声腔、修炼身段，苦苦找回昔日的自己，还延续自我，在村里组建了一个团队，担纲排练之责，废寝忘食，日日精进，颇弄出一些声名，竟至走上了全县地方戏的调演舞台，得以一展风采。

演出那天，李成存就坐在一个能被柳棉桃看见的位置，心里既抱着往日在涿州时的原始期待，也渴望着能找到自己价值的最后证明。

他很紧张。

柳棉桃登台之后，从容唱念，如入无人之境。身段妙然如初，唱功炉火纯青，把戏场的观众弄震惊了。震惊之中，李成存彻底放松了，回归为一个纯粹的观众。柳棉桃把陷落之痛和新生之喜糅入唱腔，声声慢，也声声激越，西风烈，西风也祥和，一如戏与生活。加之京西梆子的高亢与河北梆子的哀婉无缝隙的融合，戏一出口，也新颖，也熟识，一如既可回归，也可眺望，大美无痕，却处处入心，使观众得到了一种从来没有过的感动。便全场沸腾，金奖加身。

当奖杯和鲜花盈满于怀的时候，柳棉桃看了一眼李成存坐的位置，人却不见了。

　　这时，李成存正走在县城的矮桥之上，望着桥下无声的河水，他忍不住号啕大哭。因为大恩报过，他的心彻底空了……

　　　　　　　　　　　　　　　　　（摘自《读者》2021 年第 12 期）

云 雀

贾平凹

　　小时候，我见过一个奇妙的现象，便不敢忘却；一直到现在，我已到垂垂暮年了，但仍百思不得其解。

　　我家的隔壁，住着一位老头儿。他极擅于养鸟，门前的木架上，吊着各式各样的鸟笼，里边住着云雀、绿嘴、画眉、黄鹂……尽是些可怜又可爱的生灵。我们整天守在那些鸟笼下，听它们鸣叫。它们的叫声很好听，尤其是那只云雀，像唱歌一样，打老远就能听见，使人禁不住要打一个麻酥酥的战儿了。

　　时间一长，那云雀的叫声就不像以前那么清脆了，老头儿便给它吃最好的谷，喝最清的水，稍不鸣叫，就万般逗弄，于是它就又叫起来了。但它叫起来的时候，总是在笼里不能安宁，左一撞，右一碰，还常常把黄黄的小嘴从笼格里挤出来，盯着高高的云天，叫得越发哑了。

　　"它唱得太疲劳了。"我们都这么说，便去给老头儿提建议，"不要逗弄它了吧？"

　　但是，每每黎明的时候，它就又叫起来了，而且每个黎明都叫。我们爬起来，从窗口看去，天刚刚发亮，云升得很高很高，老头儿并没有起床。于此我们才明白，即使别人不逗弄它，它每天还是要叫的，嘴依然挤在笼格外边，翅膀扑扇着，竟有几根茸茸的羽毛掉了下来。

　　"它在练嗓子吗？"妹妹问。

　　"不，它的嗓子已经哑了。"我说。

　　"那它为什么还要唱呢？"

　　"谁知道呢？你听，它是在唱一支忧郁的歌吗？"

　　细细听起来，果然那叫声充满了忧郁。那往日里悠悠然的叫声，原来是痛苦的呼喊啊！

　　"是它肚子饿了，口渴了吧？"妹妹又说。

　　我们跑过去，要给它添些食，却看见笼里满满地放着一盘黄谷、一盘清水。这便又使我们迷糊了。

　　"它一定是向往着云天吧。"

　　我们这么不经意地说，立即觉得是很正确的。你想，它在被老头儿捉住之前，是飞在天上的，天那么广阔，全部是它的。黎明时，它一定飞得像云一样高，向黑暗宣告着光明的到来。如今，黎明来了，它却飞不出去，才这么发疯似的抗议了！我们在笼下捡起它抖落下来的羽毛，深深地感到它的可怜。

　　我们把这想法告诉老头儿，老头儿笑我们可爱，却终没有放了它去。它每天还是这么叫着，唱那支忧郁的歌。

　　我们终于不忍了，在一个黎明，悄悄起来，打开鸟笼的门，放它出去了。它一下子飞到柳树梢上，和柳梢一起晃动，有些站不稳，几乎要掉下来。但它立即抖抖身子，对着我们响亮地叫了一声，倏忽消失在云天里不见了。

老头儿发觉云雀飞走，捶胸顿足了一个早上，接着，就疑心是被人放走的，大声叫骂。我们听了，心里却充满欢乐，觉得干了一件伟大的事情。

云雀飞走了，我们却时时恋念着它。当看着那笼里的绿嘴、黄鹂、画眉时，我就想在这个时候，它是在天的哪一角，在云的哪一层呢？

它该是多么快活！它唱的，再也不是忧郁的歌了，而是凌云之歌、自由之歌、生命之歌！

一天过去了，两天过去了，突然，我们在那棵柳树上发现了它。它的样子很单薄，似乎比以前消瘦多了，也疲倦多了。在风里，它斜了翅膀，上下怯怯地飞。我们惊喜地呼唤它，但立即就赶走了它，怕被那老头儿发现，又要捉它回去。

但是，就在第四天的早上，我们刚刚醒来，突然就又听到云雀的叫声。我们赶忙跑出门，去看那棵柳树，柳树上没有它。老头儿却在大声地喊叫我们了："啊，云雀，还是我的那只云雀！"

我们看时，老头正提着那个鸟笼。笼子的门已经重新封好，云雀果然就在里边，一声一声地叫。这使我们大惊失色，责问他怎么又捉了它。老头儿说："哪里！是它自己飞回来的。这鸟笼一直在那里空着，它就飞回来了。"

"这怎么可能呢？"我们说。

"怎么不可能呢？"老头儿说，笑得更得意了，"它已经被我喂了两年，待在这笼里多舒服啊！"

我们走近看，云雀待在那里，急急地吃着那谷子，喝着那清水，好像它一直饿着，渴着。最后，它静静地卧下来，闭上了眼睛，这是一种疲乏后的休息。

我们默默地看着这只美丽的云雀，再没有说出话来。

（摘自《读者》2021 年第 13 期）

谈 钱

梁朝辉

　　钱，这样一个中性的名词，自诞生以来，就把无知和富有绑在一起，被片面地赋予了各种贬义。鲁迅说："金子做了骨髓，也还是站不直。"三毛文艺起来也讲："世上的喜剧不需要金钱就能产生，世上的悲剧大多和金钱脱不了关系。"连爱因斯坦都认为："我绝对相信，在这个世界上，金钱绝不能使人类进步。"……众口一词教你视金钱如粪土，平平淡淡才是真。

　　金钱，是人类发明的最伟大的工具，金钱科学地衡量了大部分具体事物和无形人情的价值，使社会变得公平，给有思想的人带来快乐。金钱是一种催化剂，使堕落的人更堕落，高尚的人更高尚，热爱生活的人不一定爱钱，但是不爱钱的人一定不热爱生活。

　　金钱几乎象征着人们的利益和幸福所必需的一切，金钱意味着自由、自立和权利。黄金不起支配作用的时候，"黄金时代"才到来，那是世外桃源。

钱有三种购物之外的作用：检验自己是否脱离了社会和时代；保护自己成为自己；引导自己去改变自己，并成为更有趣的人。

吝啬鬼永远处在贫困中，贫穷是状态而不是美德，穷是一种心态，你若一辈子坚持自己是穷人，钱也救不了你。金钱是好的仆人，也是不好的主人。有钱的人怕别人知道他有钱，没钱的人怕别人知道他没钱，我们手里的金钱是一种保持自由的工具。每一分钱都是无辜的，每一分钱也都是充满力量的，被金钱击败的人，是他不知不觉地站在了金钱的对立面。

聪明意味着可以解决当前麻烦，智慧则可以助你消除未来隐患。钱是世界上最聪明的东西，哪儿好它去哪儿，当没有人谈钱的时候，一个社会就已经完成固化了。

钱对国家来说是尊严，对个人来讲是自由。钱不能衡量一个人的真正价值，却衡量了个人对他人和社会的贡献。钱是理性的，对钱一旦感性起来，描述将会是这样的：一个人的成就，不是以金钱衡量，而是一生中，你善待过多少人，有多少人怀念你。生意人的账簿，记录收入与支出，两数相减，便是盈利；人生的账簿，记录爱与被爱，二者相加，就是成就。如果你失去了金钱，失之甚少；如果你失去了朋友，失之甚多；如果你失去了勇气，便失去一切。但最终，金钱依然是对物质世界控制能力最理性和最佳的量化标准。

你可以懒得赚钱，却不能懒得懂钱；你可以小富即安，但是不能以为"小桥流水般从此过上了幸福的生活"的童话结局真实存在。金钱让人充满斗志，只要用对地方。真正的人物，是被金钱所信任的人。

人们总是以为不赌就不会输，其实，拿着筹码而不赌，你已经输给了时间。

（摘自《读者》2019 年第 3 期）

甜意充盈的夜晚

周华诚

诗人悄无声息地走路，悄无声息地进屋。掩上门，还得闩上。说话也低声静气，仿佛生怕惊动了什么。

写文章前，我特意打电话问母亲，做米爆糖的夜晚，为什么那么神秘？

母亲说，没有啊。那么晚，你们都睡了。

我们确实都睡了，挨不住。灶膛里大块的劈柴熊熊燃烧，热量散发出来，把人暖得睁不开眼。一只猫，早早蜷在灶后的猫耳洞里，舒适地打着鼾。

次日清晨我们醒来，一列一列的米爆糖，早就整齐地躺在案板上，散发着好看的光泽。一只一只的洋油箱，装得沉沉的。

有米爆糖的冬天，令人感到心满意足。漫长无聊的冬天，有孩子可以随手拍打，有甜食可以随手取食，拧开电视机有 1987 年版的《红楼梦》

可以看，尽管屏幕上的雪花点比屋外的雪花还密，没关系，该心满意足，就得心满意足。

可我仍不罢休。我问母亲，制米爆糖的夜晚，是不是有什么禁忌，小孩不该知道的？

母亲说，没有什么禁忌啊。

制米爆糖的夜，空气是甜滋滋的。父亲早早买了白糖，以及麦芽汁——我们叫糖娘，却不知道为什么叫糖娘。母亲早早炒好了米花。晒干的大米，在铁锅里与细沙同炒，米粒纷纷怒放为花，一朵一朵，纷纷扬扬，在黑色的背景里竞相开放的白色，那么好看。

现在，要用糖，那甜黏之物，把一切散落的、纷扬的，一个一个汉字一般的米花，凝结成句子、诗篇、文章；凝结出秩序、队伍、大地。

真的，糖，就是灵感。

糖娘就是灵感之娘。

这样一想，我就知道了，制米爆糖的夜晚为什么静悄悄的。灵感是一种敏感的东西，稍稍的慌张，一点点牵强，十秒钟游离，都可以轻易地将它赶跑。

所以，制米爆糖的师傅，是十二月行走在村庄的诗人，身上带着甜味的诗人。

米爆糖师傅在村庄里为数不多，他们掌握的秘密是一般人无法知晓的。他们入夜行走，披星戴月（有时披雪戴花），穿越黝黑的田野、冗长的木桥，穿越零星的狗吠、高远的鸦声，走三四里路，去某一户人家。

来了？

嗯，来了。

冷吧？

冷。这雪大的。

快到灶前坐下。是的，熊熊的灶火，用温暖裹挟了他。一大缸热茶已经备好，此时被递到他的手上。他捏一支烟，随手从灶膛里抽出一块柴火，点燃。

好了，一个被甜意充盈的夜晚就此开始。糖在锅里，糖娘在锅里，米花在锅里，这些东西被搅动起来，夜也就被搅动起来。当米花与糖搅到一定程度（具体到什么程度，由掌勺的诗人决定），就被迅速取出，热气腾腾地，倒进木案上那个"口"字形木架子间。穿上新鞋子的人，站上案板去踩。踩那些米爆糖，直到它非常坚实（一篇好的文章，文字与文字之间也具有这样稳定的结构：一字不易，密不可分）。然后动刀，先切成条，再切成片。嚓嚓嚓嚓，嚓嚓嚓嚓。

门是关紧的，风都吹不进。这让诗人感到踏实。有一次，在搅动一锅甜意的时候，门突然打开，一阵冷风吹进来，诗人心中一紧，手里一沉，锅里嘟噜嘟噜冒泡的糖液立时收了下去，熄了，干了。

他说，有什么东西来过。他的原话是，有什么"脏东西"来过。

有了"脏东西"来过，那一锅米爆糖再也无法凝结。松松散散，像一堆突然从树上掉落的叶子，像一篇被写坏了的文章（一个不喜欢的人的电话就轻易地打扰了写作进程），令人灰心。

明白了，这就是制米爆糖的"禁忌"：忌外人串门，忌随便开门，忌高声谈笑。

我离开村庄很多年，这样制米爆糖的夜晚也久违了。听母亲说，村庄里大家都不做米爆糖了。原因能想到——现在大家不缺吃的了，想吃什么，随时可以进城买到。

母亲说，现在城里就有当街做米爆糖的，就在街边，大白天的，一锅一锅做，不也做得好好的吗？哪有什么禁忌。

我却觉得，生活其实需要一点儿仪式感。

为什么我们的生活变得缺少趣味？

因为我们失去了那些门关得紧紧的、悄无声息的、甜意充盈的夜晚。

（摘自《读者》2022 年第 24 期）

在田野，你不会丢失任何东西

李汉荣

在乡村，在田野，你不会丢失任何东西。即使你丢失了什么东西，到头来你也会发现，你其实什么都没有丢失。那些你不慎丢失了的，有的被其他生灵借用，有的被时间收藏，有的被土地认养。

你家场院丢失的那些麦粒，确凿无疑是被门前槐树上的两只斑鸠吃了，成了它们的一部分午餐。它们惭愧却无以回报，为此连连道歉，并在屋顶上天天唱歌，以表示对你家的谢忱和感念。

你丢失在田坎、地边的那些蚕豆，安静地蹲在土坷垃里，来年四月，它们会用绿叶和淡紫色的花儿打出招领启事。不过，你已经认不出它们了，但你能认出春天熟悉的容颜。

你丢失的那根柳木拐杖，是你在走亲戚的路上歇息时顺手插在溪边的，你落在了那里。几天后，当你返回，柳木拐杖已经发芽，过些年就会长成一棵大柳树。无意中，你在土地上留下一个多么葱茏的念想和美好的签名。

秋天，大风将你家晾晒的稻谷和豆荚刮走了一些，东家瓦房上撒一点儿，西家烟囱上丢一些。过不了多久，你就会看见，那瓦房上的瓦秧、烟囱上的豆苗，都绿莹莹地向你招手致意，向村庄和土地问好。

你知道它们是不结穗子和豆子的，它们短暂的、站在高处的一生，是一阵风导致的美丽错误。它们索性在这些短暂的日子里，认真地打出绿色的手语，把美丽的错误，变成纯粹的风景和美丽。

你一边走路，一边嗑着刚收获的葵花子儿，一不小心葵花子儿从你的手指缝里漏下去不少，沿途掉了一路。来年，你再从这里路过，一排排向日葵托举着一轮轮太阳，簇拥在路边，夹道欢迎你。

（摘自《读者》2023 年第 3 期）

"汇通天下"乔致庸

温伯陵

1

　　1937年8月下旬，一架飞机在祁县乔家堡上空盘旋3圈后，向北飞去。驾驶员乔倜要去晋北的宁武、雁门关一带，协助陆军对日作战。两个月后，乔映庚收到儿子乔倜的来信，他迫不及待地打开："国之将倾，何以为家，大人对儿幼时之教诲，至今犹历历在耳，未敢一日忘。儿虽不才，不敢与岳武穆、文天祥等先圣比，但以堂堂热血男儿，值此国难当头，岂敢以儿女之私废大公乎……战事日迫，民无宁时，儿不能亲侍左右，望大人善自珍重，亦须明哲保身，设处境日危应速作南旋计，以度此风云之秋，唯霜风渐紧，务希珍摄。祖母大人处亦望婉转慰藉，勿以实情相告。"但刚收到信没几天，乔映庚就收到了儿子战死沙场的消息，不禁老泪纵横，又感欣慰："不辱门风。"

80年后，历史拨开迷雾，人们不禁感慨："重利轻离别的商人之家，也有忠勇烈士。"而乔映庚口中不辱的"门风"，也来自一手将家族带向辉煌的爷爷——乔致庸。

2

1855年，37岁的乔致庸满怀信心地准备乡试，想要一举夺魁，进而中进士、点翰林，实现耕读传家的夙愿。可一个噩耗传来，彻底打乱了他的阵脚："太平天国占据江南，导致乔家的茶路断绝、资金链断裂，家族生意危在旦夕，哥哥一口气没上来，撒手西去。"这时，哥哥的儿子还小，作为弟弟的乔致庸必须盘活生意，才对得起乔家三代人的心血。

祖父由走西口起家，所以家族的店面大部分在包头。乔致庸知道，恢复茶路是其次，首先得稳住包头的生意。来到包头后，他发现情形远比想象中的更为严重：员工挤兑薪水、人心浮动、资金短缺，每一项都要动摇乔家的根基。

面对这种情况，乔致庸提出"顶身股"的概念。一个小伙计进入店里当学徒，3年后如果成绩合格，就成为正式员工。再勤勉工作三个账期（十年）后，如果成绩优良，没有任何失误，就可以由掌柜推荐、股东认可，拿到一二厘的身股，也叫"干股"。这种股份不能买卖，只能参与分红，人不在了，股份也就被收回。但是只要员工表现良好，拿到的身股也会随着工龄增长，乔家可以养他一辈子。

乔致庸的"顶身股"制度一经施行，马上就稳定住了浮动的人心。老伙计们都拿到了合适的股份，新伙计的心也安定了下来，真正把乔家的生意当作自己的事业来做。

稳定了自家员工，乔致庸又吸引其他商号的人才，并且靠家族长年积累的声誉借到了贷款，因此，乔家在包头的生意迅速起死回生。随后，乔致庸又把生意扩张到呼和浩特、祁县、太谷，经营日用百货、皮毛、粮食、钱庄、酒店，一张遍布西北的商业网络，在乔致庸的手中铺开。

太平天国起义被镇压以后，南北茶路重新疏通，乔致庸再一次前往南方贩茶，经过包头，远销恰克图、蒙古以及俄罗斯，从地方豪绅，变成了北方雄商。

如果说普通员工参与分红，能够有一份安身立命的收入，那么对商号的管理人才，乔致庸只要认定，就能立马破格任用。

1881年，平遥"蔚长厚"的掌柜阎维藩被排挤，他决定返回老家另谋高就。乔致庸听说此人才能了得，于是派了两路人马，扛着八抬大轿，分别在阎维藩可能出现的路口等候。一连等了8天，阎维藩的身影终于出现。

看着风尘仆仆的乔家人，阎维藩顿时感动得热泪盈眶，但他坚持不上轿，他要与乔家人并肩而行。最后实在相持不下，他才在轿子里放了一顶帽子，算是代替他坐轿了。

回到祁县后，年仅36岁的阎维藩当即出任"大德恒"票号的掌柜。他凭借出色的才能，在后来的26年里，让大德恒票号每股分红都在8000~10000两白银，真正是"一言兴家，一言振业"。

还有"文盲掌柜"马荀，这个大字不识一箩筐的伙计，因为出色的业务经营能力，被乔致庸一举提拔为大掌柜，将包头的"复盛西"商号经营得日进斗金。

乔致庸散了钱财，却聚集了人才；他的生意，富了自己，也富了众人。

3

在晚清时期，票号最初由平遥的"雷履泰"发起。但经过几十年的发展，全国的票号也不过五家，最大的"日升昌"也只有七家分号，而且他们还不和中小商人做生意，只选择与大商人合作。这样一来，大部分商人仍然得带着沉甸甸的银子走南闯北，一不小心就会被土匪、恶霸谋财害命。乔致庸接掌家业后，看到了票号业的前景，决定挪动多余的资金开设票号。众人纷纷劝阻："现在入局，很难赚到钱了。"但在乔致庸的构想里，票号的功能不仅是赚取利息，而是要"汇通天下"。

为打造清朝"银联"，乔致庸投资 26 万两白银成立"大德恒"票号，并在 3 年后将"大德兴"也改组成票号。两大票号火力全开，让所有商家都能实现"异地汇取"的梦想，只用带着一张收据，就可以走南闯北。即便收据在路上被土匪抢劫，如果没有密码，在票号中也换不到银子。所以，在乔家的票号史上，没有一例误兑错兑，他们将票号生意做到了极致。

大格局下的大梦想让乔家的票号业务迅速开遍全国二十多座城市，乔家的资本在全省乃至全国的排名，也像坐火箭一般往上蹿。当初的行业前辈，早已被乔致庸抛到身后，只能望其项背。

4

乔致庸走在街上，人人都笑脸相迎，叫一声"亮财主"，但他知道："有国才有家，资本要用来爱国。"

左宗棠在收复新疆时，负责筹措军费的有两个人：胡雪岩和乔致庸。

当胡雪岩在江浙筹措到军费后，就由乔致庸的票号运送到前线，保障军队的用度；当军费紧张时，还要向乔家票号贷款。可以说，左宗棠收复新疆的军功章上，也有乔致庸的一份功劳。

正是因为这份功劳，左宗棠在回京任军机大臣时，还特意经过祁县，拜访了乔致庸。一见面，左宗棠就拉着乔致庸的手说："亮大哥，久仰了。我在西北有所作为，全赖亮大哥支持。"感激之情，溢于言表。临走时，左宗棠还给乔家留下一副对联：损人欲以复天理，蓄道德而能文章。

北洋大臣李鸿章组建"北洋水师"时，听闻晋商富甲天下，便派人到山西商人中去募捐。

多年前，英国人就是用坚船利炮打开了中国国门。大清国要组建水师，在乔致庸看来是再正义不过的事，他带头认捐10万两白银。这个出手大方的山西商人乔致庸，马上就被李鸿章记住了。为了表示感谢，李中堂亲手写了副对联并派人送到祁县：子孙贤，族将大；兄弟睦，家之肥。

商人苦心经营积累的财富，到底是用在花天酒地的个人享受上，还是花在资助国家回馈社会上，乔致庸在100年前就给出了自己的答案。

5

乔致庸拟定的《乔氏家训》中，开篇就告诫子孙要谦和谨慎。

能知足者天不能贫，能忍辱者天不能祸。求医药不如养性情，多言说不如慎细微。

乔致庸掌家期间，最怕的就是子孙玩物丧志，以至于乔家都不敢招年轻漂亮的女子当丫鬟，而是专门找粗枝大叶的中年妇女，就怕家里的男子惹出难堪的事情。

乔致庸亲自拟定了六条家规：不准吸毒，不准纳妾，不准虐仆，不准赌博，不准嫖娼，不准酗酒。如果家人违背其中任何一条，必须跪在大院中，在大家的目睹下背诵《朱子格言》，直到痛哭流涕地承认错误后，才能磕头谢罪，起身离开。

在严格的家规下，乔家的子孙都兢兢业业、勤勉朴素，随便拉出一个，都能被其他晋商家族视作优秀接班人。

在银子大量流通的商号中，乔致庸也将"规矩"贯彻到底。每开一家店、每设一个分号，乔致庸都会跟经理一起拟定适合本地的号规，包括严厉的奖惩制度、人事制度，甚至还要让新招募的伙计磕头发誓，用道德的力量来约束新人。

在乔家的商号里，从掌柜到伙计一律不准抽鸦片，更不能嫖娼，一旦被发现，就会没收身股，情节严重的甚至会被开除出号。其实乔致庸想让他们记住的，只有两句话：求名求利莫求人，须求己；惜衣惜食非惜财，缘惜福。

也只有在这样的家族氛围中，才能培养出优秀商人乔景俨、革命先驱乔映霞、抗日英雄乔倜、户部银行行长贾继英。

6

1877年，中国北方发生了"丁戊奇荒"。在这种百年难遇的大灾荒中，农田干旱，蝗虫肆虐，瘟疫流行，华北大地在短短4年间就减少了1000万人口。山西祁县更是重灾区，"光绪三年（1877年），人死一半"。作为祁县有名的大商家，乔致庸责无旁贷地承担起救助灾民的责任。

乔致庸让家里各房都减少用度，一月到头都吃不上几顿肉。而对于搭粥棚救灾,他只对粥有一个要求:"筷子插上不倒。"那些常年吃不饱饭的灾民,大灾之年却在乔家粥棚吃上了饱饭。

对外人尚且如此,对同村的乡亲他更是有求必应。只要有人去乔家大院的"在中堂",乔致庸总不会让他空着手出门。谁家有人病了买不起药,乔致庸就会派人送去几两银子,让他治病;有人父母去世却买不起棺材,他就派人送去几十两银子,让他料理后事;甚至有用人偷家里的东西被抓现形,乔致庸也是一副菩萨心肠:"家里东西多,不差这一件,再说有困难才偷呢,随他去吧。"

7

1900 年,八国联军攻入北京,慈禧太后带着光绪皇帝仓皇"西狩"。在进入山西太原后,他们才放下心来,终于不用再为"身死国灭"而忧虑了。由"大德兴"改组而来的"大德通"票号总部,被朝廷征用为临时行宫。

看到逃难的朝廷日子过得凄凉,跑街的业务员贾继英当场保证,要借10 万两银子给朝廷。回到办公室后,他跟大掌柜阎维藩一说,阎大掌柜直夸他做得好:"五百年必有王者兴,一千年也出不了贾继英。"

就凭这 10 万两银子,乔家换来了慈禧御赐的匾额"福种琅环",还为商号换来了两笔生意:一是各省输送给朝廷的税款,全部由山西票号来经营,乔家当然占大头;二是庚子赔款连本带利共 10 亿两白银,也由山西票号经营,乔家又占大头。

随后的 10 年里,乔家的票号业务一直往上蹿。每股的账期分红能达到 1.7 万两白银,真是撑破了天。可在这个风雨飘摇的晚清,乔致庸用一生心血赚来的钱又有什么用？乔致庸坐拥 2000 万两白银的家产，却活得异常艰难。他的努力是那个时代所有中国人的挣扎，他的仁义也是那个时代的最后一抹温柔。

8

1911 年，辛亥革命爆发。原本放出的贷款，一夜之间全部化为乌有；票号遭遇挤兑，这让乔家的资金链雪上加霜。从此以后，包括乔家在内的晋商元气大伤。

此后的几十年，各家晋商票号纷纷关门歇业。论家大业大，乔家并不算晋商中顶级的，而恰恰是乔家的生意，能挺过阎锡山洗劫、冯玉祥摊派、日军抢占。1949 年，"大德通"票号关门歇业；1955 年，包头的几家店铺被改造为公私合营制，直到此时，乔家的生意才算正式结束。

究其缘由，竟是伙计恋旧不肯离去，乡亲帮忙挺过历次劫难。乔家多年行善积德、扶弱济困，最终得到这样的回报。乔家以这样的方式，给了辉煌五百年、纵横九万里的晋商最体面的落幕。

（摘自《读者》2022 年第 17 期）

沉睡的良心

刘荒田

马克·吐温为"理想生活"开列了三个条件：真诚的朋友，美好的书籍，沉睡的良心。

前两个好理解，最后一个值得讨论。

为何在令人向往的幸福日子里，良心最好"沉睡"呢？如此说来，良心作为私人品德的守护者，公序良俗的看门人，不可能全知全能，永不下岗，全天候地执行任务。

如果遇到以下状况，它会猛地惊醒，走上哨位：遭遇抉择。比如，路上遇到一个老人倒在地上，车站前发现扒手把手伸进别人的口袋，马路旁边一个没了手脚的人在乞讨。

如果你认为第一个案例是碰瓷；第二个案例太复杂，高声呼喊虽可引起注意，但会把祸水引向自己，遭扒手的同伙报复；第三个案例，你认定乞讨者是伪装的，于是，你掉头不顾，"良心"按兵不动。或者，你什么也没想，就见义勇为，良心成为可贵的本能，以上二者，都不会制造内心的不安。

问题是我们未能免俗，老在"两可""两难"之间举棋不定，怕上当，又怕受警醒着的良心谴责，天人交战，难免吃苦头。

20世纪初，泰坦尼克号撞上冰山，多数男性乘客和船员宁可赴难，也要让妇女、孩子先上救生艇。例外的是日本人细野正文，他男扮女装，冒着被水手们认出来的危险，偷偷爬上满载妇女和儿童的10号救生艇，最终保住性命。

可耻行径一经披露，回到日本后，他立即被所供职的铁道院开除，还受到国内舆论指名道姓的谴责。细野正文从此背上"卑劣幸存者"的恶名，熬过生不如死的的后半生，郁郁而终。

审察正反两面的案例，不能不省悟，良心如果"沉睡"，实在是福气，这一状况意味着，内心拥有至为难得的平静、平衡。没有战争，坦克的履带干净，火箭的发射架沉默。没有辗转反侧，安眠药瓶的盖子没动。没有犯罪，牢狱冷冷清清。

所谓"平生不做亏心事，半夜敲门心不惊"，这"心"就是因自信而酣眠的良心。

（摘自《读者》2022年第2期）

宝贝，我们买不起

欧阳宇诺

我有一个知识储备非常丰富的同事，与她聊天，就仿佛在进行一场妙趣横生的探险之旅。她既了解"水星七杰"的传奇故事，又知道白垩纪霸王龙的习性；既了解天宫空间站计划，又知道十二种佛法僧鸟的区别；既了解流星余迹通信原理，又知道各种熟成牛排的烹饪时间……

我想知道她是如何做到内在如此丰富有趣的，她说，很大一部分原因在于童年时期，她的妈妈常常对她说"我们买不起"。她在农村度过她的童年时光，家中还有一个姐姐和一个弟弟，物质生活并不宽裕。邻居家买了电视，她对妈妈说也想要一台，妈妈说："我们买不起。"淡淡的伤感之后，她也不纠结，转而投入书中，从书中探索广阔的世界。学校图书馆里的每一本书，几乎都留下了她的借阅记录。

她的同桌有一只小小的毛绒兔子玩具，她也想要，妈妈说："我们买不起。"她亦不纠结，转而投入大自然，大自然中有着最有趣的玩具与最精彩的故事。春天的时候，柳树刚刚发芽，温润的空气浸润树枝，令其变得富有弹性。她截下长短合适的一段树枝，通过适度扭动将木质化的内芯和纤维化的表皮分离，之后轻轻一抽，取用外层的表皮，用小刀将一端刮得极薄，便制成了一支柳笛。夏天的时候，蝉鸣阵阵。她选取一片被树木包围的空旷场地，将拾取的树枝及树叶围拢在一起，点起一堆并不浓烈的篝火。重点是火光不宜过大，且最好伴有浓烟。知了便仿佛飞蛾扑火一般，向篝火俯冲而来。接近火源时，知了在热与烟的双重夹击之下，一头扎进火堆，发出最后一声哀鸣，晕死过去。她快速用木棍将知了拨弄出来，收集多了，回家油炸，便成为一顿美味的"油炸金蝉"夜宵。秋天，她到水沟旁等草长得又高又密的地方，根据叫声的响亮程度判断蟋蟀的品质优劣，之后聚焦于叫声响亮的草丛，轻轻拨弄，受惊的蟋蟀一跃而出，埋伏在旁的她眼疾手快，用早已备好的纱网轻轻将其扣住，小心翼翼地放入蟋蟀罐中。品质优良的蟋蟀，会被收购商收走，为家中增添小小的收入。冬天，池塘表层冻住，她在冰面凿出一个洞。鱼儿被新鲜的氧气吸引，游至洞口。此时，她拿出早已备好的渔网，海底捞月，鱼儿落网。一想到美味的鱼宴将在家中餐桌出现，幸福的笑容就在她的脸上绽放开来。

所以，她那由妈妈脱口而出的"我们买不起"造就的快乐童年，真是令人既羡慕又忌妒。物质的贫乏或许是障碍，但她并没有被这障碍绊倒或撞得头破血流，而是巧妙地绕道而行，转而从其他路径和渠道去感受和体会这个世界的精彩和美妙，将自己打造成一个情感丰富、熠熠生辉的人。

现今，在这疯狂"卷卷卷"的时代，家长们的内心充溢着无尽的焦虑和冲动，他们恨不得买下所有他们认为对孩子的人生有所助益的好物，悉数捧到孩子的面前。别的孩子有的，他们的孩子要有；别的孩子没有的，他们的孩子最好也要有。"我们买不起"这句话，在他们的世界里是需要被回避或者被无视的。这简单的五个字，似乎是一种无能和羞耻的象征，也仿佛是某种程度上的道德犯罪。他们咬紧牙关，试图让这句话彻底消失，殊不知，"我们买不起"真的是一句在家长与孩子的沟通中需要出现并使用的句子。在这个物质过度丰富的时代，这句话代表了一种实事求是的态度，使用得当的话，更能为孩子带来一种"牧童大卫打败巨人歌利亚"的逆袭式人生教育。

"经济的拮据"就好似身高两米、身着青铜铠甲的巨人歌利亚，看似不够强悍的牧童大卫却要迎战他。歌利亚希望大卫与他进行一场近身肉搏战，而没有铠甲与剑的大卫却另辟蹊径，拿出包里的石子，放在投石器的皮囊里，朝着歌利亚没有遮挡的前额发射过去，歌利亚昏厥倒地。此时，大卫跑过去，砍下了他的头颅。牧童大卫在完全没有胜算的情况下，奇迹般地赢得了胜利。

所以，父母勇敢地对孩子说出"我们买不起"，是多么好的一件事情啊！这促使接收到此条信息的孩子化身为勇敢的大卫，开动脑筋，运用智慧，找出仿佛巨人般无法逾越的困顿生活中的漏洞，从而进行反击，并最终战胜它。

作家马尔科姆·格拉德威尔认识一个富豪，他称这位富豪为"好莱坞最有权力的人"。这个好莱坞男人在明尼阿波利斯市度过了他的童年。如果他想要一双跑鞋或一辆自行车，他的父亲只会提供一半的钱，另一半的钱则让他自己想办法赚回来。于是，秋天的时候，他会走访街坊邻居，告诉人们他会提供"为车道清扫落叶"的服务。冬天来临，他会再次走访街坊邻居，希望人们给他提供"为车道扫雪"的工作。大学毕业后，他辛勤工作，用赚来的钱买了豪宅、豪车和喷气式飞机。他说自己能够获得这一切，正是因为在他的童年时代，他那经历过经济大萧条的父亲总用实际行动向他透露出"我们买不起"的信息。这种生活方式，令他开始思考金钱以及人生，也正是这种长时间的思考，成就了他独一无二的人生。

日本作家角田光代的某部小说里写道，小春的爸爸妈妈离婚了，落魄的父亲在暑假的第一天，"绑架"了女儿小春。在"逃亡"的路上，爸爸因为没钱，买什么都斤斤计较、抠抠搜搜。但正是因为"买不起"，父女二人拥有了能够手拉着手、躺在果冻般柔软的海水中看星星的经历，也在前往寺庙请求住宿的过程中，听到了驼背老奶奶讲述的有趣故事。小春在这场拮据的"逃亡"之旅中，获得了切切实实的快乐。

爸爸对小春说："你要记住，总会有这样的事发生，没有出租车，不能坐在有空调的餐厅里等上菜，也不能想回头就回头，只能一直向前走。"

是的，"我们买不起"，但是，我们也依然能坚强并快乐地一直向前走。

（摘自《读者》2022 年第 23 期）

张素英和她的"城堡"

一 唐雪虢

她是弱者，也是王者；一个漂泊异乡的神秘女人，大可以栖身在砖瓦窑里，可她偏不，她执拗地为自己搭建了一座"城堡"。

1

孟小为从旅途中匆忙赶回来时，张素英的"家"已经成了一片废墟。而张素英，早在一个下雪天就被送到了救助站。

张素英是孟小为拍摄的纪录片《张素英的"城堡"》中的女主角。她60多岁，几年前流浪到这个位于西北一隅的小山村，在一座废弃的砖瓦窑安了家，跟一条土狗生活在一起。

对由熟人构成的村庄而言，张素英是一个陌生的闯入者。她性格孤僻，不怎么爱说话，可她不声不响地干了一件"惊世骇俗"的事情。她花了将近5年的时间，用一双手，一砖一石地垒起一座歪歪斜斜，足有7米高的房子。

没有施工队，这座房子，从选址，到设计、施工，直至最后基本成型，都是她一个人苦干出来的。所用原料，来自她住的窑洞不远处的一个倾倒生活和建筑垃圾的垃圾场。

从瓦砾残料中找到一块预制板，从废水泥堆里选出一片石棉瓦，找到一块适合砌墙的石头……张素英就用绳子将这些材料捆了背回去，然后爬上更高的垃圾堆。

她就是这样，在一场风雨后，垒出了第一面墙壁，还加装了窗户。

一层的门，只有五六十厘米高，人要猫着腰才能勉强进去，因为没有通电，里面一片漆黑，但是，这里便是她的世界了。

寒来暑往，年复一年。张素英的房子越垒越高，刚开始，她在砖瓦窑和垃圾堆两头跑，后来房子建起来了，她又忙着爬上去爬下来。只是这座歪歪斜斜的房子实在过于荒诞奇特，与其说是房子，不如说像是一座碉堡。她在这片荒地上构建自己的"领地"的同时，似乎也在构建着某种生活秩序。

当这座奇迹般的建筑赫然耸立在破败的砖瓦窑上，再也没有人能忽视它的存在。奇异的造型、另类的布局，粗粝之中又处处透着考究，绝不将就，像极了张素英这个人。

"房子还有这种盖法！"越来越多的村民关注到张素英的房子。

可无论面对来自人群的何种声音，张素英回答最多的一句话就是"嗯"——"张素英，还在盖啊？""嗯。""张素英，不要盖了吧，够用了。""嗯。"

然后，过几天再去看，房子又增高了 20 厘米。

张素英早就做好了规划，打算在 2018 年 3 月间把房子建好，"等修整齐了，住到里面"。

2

2017 年 5 月，画家孟小为无意中发现了这座房子，被震惊了。

第二次再去，他见到了张素英。张素英木呆呆地站在门口的锅灶旁，旁边是陪伴她的那条土狗。两人对视了一番，谁也没说话。

接下来的一年里，孟小为时常开车过去，给张素英拍一些照片、视频。张素英不抗拒拍摄，但也不怎么搭理他，偶尔搭几句话，也因为牙齿掉光了声音含混不清。张素英对外人的淡然态度早有端倪，这是她生活秩序中的一部分——她原本就是一个外来者。

就这样，孟小为花了几个月的时间，陪着张素英一起修房子、一起抽烟，通过跟附近的村民打听，才慢慢拼凑出她的身世：

张素英，60 岁出头，老家位于湖北和重庆的分界线上。她有个女儿，她在女儿 5 岁时离开家，丈夫出车祸去世时回去过一次，后来就一直流浪在外。大约四五年前，她坐车到了这里，开始用废弃的建筑材料修房子。

自从张素英开始一点点垒这座房子，就引来大批村里的人看稀奇。看到张素英佝偻着背在 3 楼楼顶边角处和水泥，村妇们就在下面叫喊："天哪，又爬这么高。你看看……天爷，那一大块石头连小伙子都抱不动……"

地上的人吵吵嚷嚷，高处的张素英却两耳空空，颇有种阅尽千帆的笃定与淡然。她只专注于让这座房子在她手里一厘米一厘米地加高，仿佛这是她在荒野之上构建的独属于自己的"领地"。这座房子,内部幽暗,错综复杂,但饱含着张素英的各种巧思,也似乎昭示着她身处困窘却绝不凑合的倔强……

不修房子的时候,她会到地里去,帮着村民干农活,不说话,别人给她钱她也不收,干完就走。别人问她,她就回答说:"我们是邻居。"

孟小为刚开始会给张素英一点钱,张素英不收。在孟小为的再三坚持下,张素英虽然收下了钱,但回头就把这钱转赠给了附近的流浪汉。

她住的砖瓦窑里,堆着不少花花绿绿的旧衣裳,都是捡来的,她自己穿不了。孟小为问她:"你是捡来给没衣服的人穿,是吧?"张素英答:"嗯。""我们去城里看看人,人可多了。""我不想看人。"

常年施工的张素英总是穿着一件溅满石灰的外套,那是她的工服,但她的头发总是梳得干净顺滑,还扎两条麻花辫。干活前,更要费上一番工夫将辫子盘起来。

孟小为问她:"你和老公关系不好,就出走了是吧?"张素英大剌剌地说:"我不爱他了。""爱"这个字眼从这个流浪的老女人嘴里蹦出来,特别酷,让人想起老年的杜拉斯。

别人跟她开玩笑:"张素英,女人不能抽烟。"张素英吐着烟圈,说:"可我就是女的啊!"

从张素英身上,看不到浮世飘萍、无处可依的流浪者因困窘而万念俱灰的苟活,而是有着张扬迸发的痛快。

如果说,张素英盖房子是一场惊世骇俗的奇迹,那么张素英无疑是那个亲手创造奇迹的人。

3

一次雪天来访，孟小为他们劝张素英搬出去，张素英站在砖瓦窑里，透过洞口看外面的飞雪，望着自己一点点盖起来的城堡，一句话也不说。

过了一会儿，她走出砖瓦窑，钻进风雪中，又开始往楼上搬石头。外面的生活，她好像一点也不感兴趣，她只想盖好自己的房子，住进去。

她的世界就在这里。

孟小为爬进张素英的城堡，问她："这房子这么危险，能住人吗？"张素英说："是的。还没有修完，修整齐了，就住到里面。"

孟小为急了："修这个根本就没有用，根本就不能住！"

"嗯。"张素英又是这样一句答复。

她转过身，踏着雪，来到河边，敲破冰层取水。她把水倒入土坑中，将土块捣烂，和成稀泥，然后铲到桶里，爬到楼上。

城堡里传出鹅卵石敲击砖块的声音，沉闷而笨拙的钝击声，在风雪之中，飘飘摇摇，如同这座歪歪扭扭的城堡。

她一定很爱这座自己亲手盖起来的房子，房子马上就要建成了。然而，这一天还是来了。

4

2018 年的腊月，张素英忽然不知去向，孟小为多番打听，得知她被送到了城里的救助站。

她的违章建筑，就在此时被拆除。

得知消息的张素英，趁着倒垃圾的工夫，翻过栅栏跑了。两天后，她回到了砖瓦窑。她不认路，硬是一步一步找了回来。5公里远的路，她找了整整两天。

刚回来这天，村民看见张素英站在废墟前，眼泪哗哗地流。没人懂她的绝望。

她从残垣断壁中找出那些曾经是她心头好的花花绿绿的"漂亮"衣服，一把火烧了。暮色四合，朔风紧吹，余烬飞起，像一只只凄惶的黑蝴蝶。

她的"城堡"崩塌了，连平日里烧水的壶也被收破烂的拾走了。

一个村民蹲在石头堆旁边抽烟，望着张素英说："要啥没啥了。"

张素英在废墟旁住了四五天，像是给曾属于她的"城堡"致哀、守灵。她就是坐着，对着远处发呆、沉默，一旁的烟囱高高地耸立着，刺向冰冷的天际，更远处是连绵逶迤的群山，群山后黑压压的，是一片广袤而陌生的未知之境。

几天后，张素英打算离开这里。

当初，她对别人说："我觉得这里好。"

她用绳子把一个蛇皮袋和被褥捆到一起，扛在肩上，主动跟村里人打招呼："我要走了。"

张素英钻出窑洞。她嘴角叼着烟，心中的块垒已化为脸上的沟壑，密布着燎原后的纵横曲折，她带着这残存的火光，顺着大路，重新置身于漫漫而未知的远方。

不知道为什么，总觉得张素英身上有种野生的勇气，在天与地之间，自顾绽放，像株野百合。流浪生活给了她独立而强大的灵魂，她一个人面对世界，做着自己的梦，甚至可以说，她活得比我们快意，她比我们有胆量做自己。

假如我们是张素英，假如我们被生活捶打，我们将如何自处？会剩下什么？会像她一样，纵浪大化中，不喜亦不惧吗？会像她一样，把自己的汗水、泪水、隐忍、梦想、祈祷等化作行动，建起自己的城堡吗？

张素英并不需要我们同情的眼泪，她比我们许多人都活得自在。有失败，有英雄，但没有什么失败的英雄。她和生活死磕，一心一意、孤注一掷、一条心、一根筋，她的结局悲壮却绝不可怜。

人的贫穷不只是来自生活的困顿，更来自在困顿中失去尊严。

而张素英一直很体面，甚至有她的荣耀和骄傲。孟小为形容张素英："人活着，深远的内在本质是灵魂的自由，我想她的灵魂与她本人是分离的。她虽命如草芥，精神却似贵族。"

孟小为试图通过发起"寻找张素英"的活动来找到她，但无果。其实找不找得到张素英又有什么关系？

万事已黄发，残生随白鸥。

那天，张素英叼着烟卷，扛着行李，一步一步走出去，上了大路。有人追在后面问："你去哪里？"

张素英说："往高处去……更高处去。"

（摘自《读者》2022 年第 2 期）

没意思的故事

刘心武

俄国有一位叫安东·巴甫洛维奇·契诃夫的伟大作家，他也是世界公认的短篇小说圣手，而且还是出色的剧作家。

契诃夫有一篇经常被忽略的小说，叫作《没意思的故事》。小说的题目虽然叫《没意思的故事》，但我觉得读来很有意思，得静下心，慢慢地读。

这篇小说讲一个功成名就的科学院院士，他什么都有了，不愁吃不愁穿，但是，步入晚年后，他觉得很空虚。他的妻子跟他走过了很长一段人生之路，一开始还好，但后来他的妻子渐渐沉迷于他所获得的那些名利、地位，变得很庸俗。契诃夫的小说和戏剧的一个贯穿性的主题就是反庸俗，他的作品不停地提醒我们，要懂得人活在世界上是很容易流于庸俗的。

什么叫庸俗？庸俗就是把现实社会当中的名和利看得特别重，在今天来说，就是把房子、车子、存款、头衔这些东西看得特别重。

这篇小说里的主人公什么都有了，但是，他忽然觉得还没有找到生存的意义。人究竟为什么活着？这是一个不庸俗的人要不断思考的问题，可是那时候他的妻子跟他已经完全不同步了，她每天跟他说的一些话，在他听来都是很庸俗的。院士和他的妻子有一个女儿，女儿从小在他们的呵护中长大，在音乐学院上学，也变得很庸俗，除了追求音乐事业方面的名利，她很少有其他考虑。院士还收养了一个名叫卡嘉的女孩，她的父亲当年也是一个院士，和主人公是同事。但卡嘉的父母都不幸去世了，老院士就把她收养了。

小说里面，卡嘉是一个什么样的人物，有什么样的故事？卡嘉是一个很慵懒的女孩子，因为她父亲生前将一大笔钱存放在院士这儿，她随时可以支取花销。她在经济上是无忧的，可是她并不好好地按规矩过日子，她想当演员。她觉得这是自己的人生理想，要克服所有困难去追求，她居然真就追随一个巡回演出的剧团而去。这个剧团并不是什么知名的艺术团体，一路巡回演出也挣不着什么钱。

在表演的时候她很快活，但是也出不了名，因为要出名的话，得在莫斯科或者圣彼得堡的大剧院演出。而这个剧团只是一个巡回剧团，甚至要经常到俄国偏远的东部地区去演出。在巡回演出的过程中，她和一个男演员相爱，并且怀孕，后来又流产，最终两个人还是分开了。

小说写得很有意思，那位精神空虚的老院士忽然从卡嘉这样一个女孩子身上发现了她生命当中闪亮的东西。是什么东西？就是卡嘉始终没有放弃她的追求，失败了就重新振作起来，再去追求她想获得的成功。

但是，卡嘉到头来也没有真正圆自己的梦。

院士后来找到卡嘉，他觉得她这样一个年轻的生命，像一束光照过来，照亮了他。他要向年轻人学习，向卡嘉学习，要孜孜不倦地继续探索"人活着的意义是什么"这个伟大的命题。

我看了这篇小说以后很受震动，坦率地说，我在年轻的时候就读过这篇小说，当时读不懂，不喜欢。后来，我也算有了一些名利，这个时候再来读，这篇小说的文字就击中了我。于是，我扪心自问，我所获得的一些奖项、奖励，或者因为写作而获得的一些金钱，或者一些出风头的机会，究竟有多大的意义？生命的真谛究竟是什么？

最终，我得出结论，我应该超越名啊、利啊这些表面的东西，去追求深层次的东西。

这篇小说我后来又读了不止一遍，我喜欢它的题目——《没意思的故事》，文字越读越有意思。

契诃夫有一句名言："人的一切都应该是美的——面容、衣裳、心灵、思想。"他的小说和剧本都体现了这样一种精神。

阅读文学作品最好不要只追逐那些最新的、最时髦的东西。新的东西要接触，其中有的作品阅读以后可能也会使灵魂更上一层楼，但是那些经过若干代人的阅读检验出来的黄金般的经典作品，如契诃夫的短篇小说和他的戏剧剧本，却永不过时，值得一读再读。

（摘自《读者》2023 年第 1 期）

我要那么多钱做什么

袁隆平

我稍有点名气之后，国际上有多家机构高薪聘请我出国工作，但都被我婉言谢绝了。这跟人生观有很大关系。如果为了名利，我早就到国外去了。如联合国粮农组织在 1990 年曾以每天 525 美元的高薪聘请我赴印度工作半年，但我认为，中国人口这么多，粮食始终是头等大事，我在国内工作比在国外发挥的作用更大。

20 世纪 90 年代，湖南省曾 3 次推荐我参评中国科学院学部委员，即现在的中国科学院院士，可我 3 次都落选了。当时有人说，我落选比人家当选更轰动。但我认为，没当成院士没什么委屈的。我搞研究不是为了当院士，没评上说明水平不够，应该努力学习；但学习是为了提高学术水平，而不是为了当院士。

有一个普通农民，年轻时对饥饿有切肤之痛，后因种植杂交水稻而改变了缺粮的状况。为了表达对我的感激之情，他写了一封信请求我给他提供几张不同角度的全身照片，说要给我塑一尊汉白玉雕像。在回信中，我这样写道："谢谢你的好意，请你千万不要把钱浪费在什么雕像上，我建议你把钱用到扩大再生产上去。请你尊重我的意见，并恕我不给你寄照片。"尽管我再三拒绝，但那个朴实的农民还是为我塑了一尊雕像。有人问我见过那尊雕像吗，我笑道："我不好意思去看。"

至于荣誉，我认为它不是炫耀的资本，也不意味着"到此为止"，那是一种鼓励，鼓励你继续攀登。

我对钱是这样看的：钱是要有的，要生活，要生存，没有钱是不能生存的。但钱的来路要正，不能贪污受贿，不要搞什么乱七八糟的事情。另外，有钱是要用的，有钱不用等于没有钱。该用就用，但是不挥霍不浪费，也不小气不吝啬。够平常开销，再小有积蓄就行了。拿那么多钱存着干什么？生不带来，死不带去。

有个权威的评估机构评估，我的身价是1008亿。要那么多钱做什么？那是个大包袱。我觉得现在很好，不愁生活，工资够用，房子也不错。要吃要穿都够，吃多了还会得肥胖症。我从来不讲究品牌，也不认识名牌。当然，也可能是因为我皮肤粗糙，感觉不出好坏来。我觉得只要穿着合适、朴素大方就行，哪怕几十块钱一件都行。我之前最贵的西装是到北京领首届最高科技奖前，抽空逛了回商场，买的打折后七八百块钱一套的西装，还是周围同事叨咕了半天才买的。

我不愿当官，"隆平高科"让我兼任董事长，我嫌麻烦，不当。我不是做生意的人，又不懂经济，对股票也不感兴趣。我平生最大的兴趣在于杂交水稻研究，我不干行政工作就是为了潜心搞科研。搞农业是我的职业，离开农田我就无所事事，那才麻烦。有些人退休之后就有失落感，如果我不能下田了，我就会有失落感，那我做什么呢？我现在还下田。过去走路，后来骑自行车，再后来骑摩托车，现在我可以开着小汽车下田了。

学农有学农的乐趣！只要有追求、有理想、有希望，就不会觉得苦！我们研究水稻，要待在水田里，还要在太阳底下晒，工作是辛苦点。20世纪六七十年代生活很苦，吃不饱，但我觉得乐在苦中，因为有希望、有信念。我认为粮食是最重要的战略物资，所以我觉得我的工作是非常有意义的，对国家、对百姓都是大好事。我现在身体还不错，老骥伏枥，壮心未已。我还要迎接新的挑战，向新的目标迈进。

（摘自《读者》2019 年第 23 期）

菊花凭什么和松树比肩

沙 子

在景山公园散步时，看着园丁把菊花一盆一盆摆放在花圃里，远远近近的深绿树木衬托着眼前这些小小的、朴实的黄色花朵。忽然想起，国画中总是松菊并列，这么星星点点的朴素菊花，怎敢和松树比肩抗衡？

秋天是赏菊的好季节，作为中国人，细细想来，果真历朝历代的人们对菊花都有各种赞美。正因为东晋田园诗人陶渊明的"三径就荒，松菊犹存"，才让南宋绘画家马远画了《陶渊明采菊图》，上面还出现了菊花和松树的形象。

古代文人对菊花真的是赞誉有加，菊花位列植物"四君子"（梅、兰、竹、菊）便是明证。陶渊明喜爱"采菊东篱下，悠然见南山"的淡定从容，司空图欣赏"落花无言，人淡如菊"的典雅安静，唐寅感受到的是"多少天涯未归客，尽借篱落看秋风"的离愁别绪，李清照又用"帘卷西风，人比黄花瘦"的对比烘托孤独凄凉，黄巢"冲天香阵透长安，满城尽带黄金甲"写出了菊花满城的豪气干云，似乎人人心中都有别样的菊花。

现代艺术家们对菊花同样是一往情深。新月派诗人闻一多在现代诗《鼓手与琴师》中写到了不同形态的菊花，有鸡爪菊、绣球菊、江西腊，这些菊花颜色丰富，不但有金的黄、玉的白、春酿的绿、秋山的紫，更有剪秋萝似的小红菊、从鹅绒到古铜色的黄菊、带紫茎的微绿色的"真菊"，以及枣红色的菊花王。在闻先生饱蘸感情的抒发中，我们不仅对他的思乡爱国产生共鸣，更能发现作为画家的他训练有素的眼力，他用文字描摹出菊花的状态、颜色、样貌，让我们赞叹。

除了闻一多，还有曾去法国学画的孙福熙，归国后他被清华园里种植的多种多样的菊花吸引，立刻采用融会中西的画法埋头写生，后来还把得意之作赠送给了鲁迅。他曾这样盛赞鲁迅先生："鲁迅先生的一生如长庚星，光芒四射，忽伸忽缩，没有直线，也不怕回头，于是学水师，学路矿，学医，学文，为友为敌，为敌为友，如此感情丰富而热烈的人，在绍兴先贤中，即使诗人与画家，亦不见一人。绍兴的地方色彩，可以产生学术思想家，而不宜于艺人，鲁迅先生却是特殊的一人。"而关于孙福熙的文与画，朱自清曾写过一篇《山野掇拾》的书评，文中说："他的文几乎全是画，他的作文便是以文字作画！他叙事，抒情，写景，固然是画；就是说理，也还是画。人家说'诗中有画'，孙先生是文中有画；不但文中有画，画中还有诗，诗中还有哲学。"

孙福熙对在清华园里利用业余时间辛勤侍弄菊花的杨寿卿和鲁璧光很是敬佩，他还表达过自己的心志："满眼的菊花是我的师范，而且做了陪伴我的好友。他们偏不与众草同尽，挺身抗寒，且留给人间永不磨灭的壮丽的景象。他是纯白的，然而是灿烂的；他是倔强的，然而是建立在柔弱的身体上的。"

　　在对菊花的盛赞中，孙福熙抱怨道："在用武之地非英雄的悲哀远比英雄无用武之地者为甚。"相比之下，生活在和平年代、过着幸福生活的我们，想到这些曾处在乱世中又无法当英雄而选择默默作画的书生自怨自艾又自我宽容的矛盾心理，或许能豁然开朗——人生不称意，何不散发弄扁舟。坚持自己，虽柔弱却倔强；凌寒不退缩，虽渺小也灿烂。

（摘自《读者》2022 年第 2 期）

此生未读完

予 安

从未料想过，有一天，我会陪着一位 87 岁的残疾老奶奶，在闹市区的灯红酒绿下"乞讨"。也许不该用这么赤裸的字眼，毕竟我们面前摆放了一些可供购买的商品。

北方晚秋的风已经有了打透薄衫的力道。它们欢呼着钻过老奶奶轮椅间的缝隙，胡乱地翻动着地摊上泛黄的书页。

奶奶非常坦然地对路过的人说："来看看我卖的书吧，这本讲的是做人要诚信，5 块钱。还有这些杂志，是学生们捐给我的，讲穿衣搭配的，10 块钱。"她吐字清晰，态度真诚。奶奶说，这些书她全都看过，有的还做了笔记。我在她的旧书摊前，听到她给中学生讲《狂人日记》，也遇到她跟音乐学院的硕士，在马路边谈论莫扎特和肖邦。

有人用简洁的语言描述了奶奶的一生："自幼患小儿麻痹症无法行走，

父母早亡，靠收废品、卖旧货为生，低保户，无人可依靠。"

华灯初上，这座城市里最繁荣的商圈就在奶奶身后，正在用一层层上升的霓虹勾勒出自己的轮廓。而奶奶的故事，也随着这璀璨的灯火，在一次次接触和交谈中，逐渐清晰起来。

1

初次见她，是在一场读书会上。那是一场关于"命运"的见解分享。大家正在讨论付出与回报在人世间是否遵循某种规律时，一个衣着时尚的女孩敲开门，随后转身，轻巧地推进一个坐着轮椅的老奶奶。她戴着黑底紫花的渔夫帽，帽檐压得很低，只露出半张脸。夹棉的浅褐色外套，把她瘦弱的身体包裹得格外严实。

"大家好，我又来了。"门口的几个人赶忙起身，把椅子凑紧些，好给老奶奶让个位子。大家对她都极为尊敬，邀请她分享自己的心得。只见她从轮椅扶手上挂着的编织袋里，掏出一个平整的笔记本，缓慢翻开，略带羞涩地说道："我这个月读了一本有关家庭教育的书，讲的是如何给孩子布置一间好的书房。"

大家听她娓娓道来，没有人指出她的发言与当天的主题并不相符。我猜测，这位老人或许是某所高校的退休教师，因为她的谈吐见解并不似寻常老妇。

"这个奶奶都 87 岁了，是个寡居的拾荒老人，平时在繁华商圈的角落里摆摊，但是上知天文下知地理，撮合成了十几对新人。其中一对夫妻生了龙凤胎后，大伙儿就开始传，说她是送子观音，幻化成凡人模样，来普度众生。"邻座姐姐的解释，让我的思绪瞬间回到现实。

　　读书会结束时，我们怀着好奇与敬意，轮流去加奶奶的微信。是的，她有微信。一个公益组织为她捐赠了老人机，教会她使用，并为她申请了二维码，便于她摆摊做生意时收款。我想为她捐款，又怕亵渎了这平凡的尊严，便询问她常去摆摊的地点。

2

　　傍晚的街头，行人熙熙攘攘。正是下班高峰，身后写字楼的玻璃大门被推开，一个小伙子率先窜了出来。冷风趁着打开的门涌进了大堂，衣着时髦的白领丽人被突然兜进的寒凉打了个措手不及，纷纷用手掐住衣领，鱼贯而出。

　　小伙子的目光瞥到了台阶旁奶奶的摊位，本已经走了老远，又犹犹豫豫地跑了回来。"大娘，这本书怎么卖？"他随手指了一本。"5块钱，小伙子，这本书是……""我扫码付款。"没等奶奶说完，小伙子便拿起书揣进包里，随着"微信到账5元"的播报声，拔腿就走。奶奶突然拦下他："麻烦你等一下，能给我留个姓名和联系方式吗？"说着，她从编织袋里掏出一个被反复粘贴过的笔记本，上面一行行记录着上百个人名和手机号，有的人名后面还写了一些备注，有的打了对勾，有的画了圆圈。

　　奶奶把本子和笔递给他，小伙子迟疑片刻，接过去写了起来。"你别担心，我只是想把帮过我的人都记下来，看看有什么能帮你们的。小伙子，你结婚了吗？"奶奶认真询问起对方的择偶要求。小伙子不好意思地挠挠头："我们干程序员的，没时间交女朋友，我是单身，单身，哈哈。"这一老一少，一个坐着，一个蹲着，就在马路边聊起了家常。

　　小伙子离开后，我接过奶奶记录好的笔记本，详细地看了一遍。奶奶如数家珍地指认着这些人名，告诉我哪些人喜欢读书，哪些人正在寻找伴侣，哪些人工作中遇到了难题。我告诉她自己会一门外语，她马上翻到一个人名，旁边的备注是："彤彤，14岁，想补习英语。"

人与人之间的连接其实很玄妙。这座城市每天有数百万人擦肩而过，谁承想，因为一位老人的笔记本，我们成为照亮彼此的微光。

3

奶奶说她最大的愿望就是活到100岁，把这辈子帮过她的恩人都报答完。

数九寒天的早上，奶奶没有如往常一般带着旧书和小杂货出摊，而是约了我和另外两位义工到一个居民区门口见面。

我拎着一袋前一晚收拾出来的旧书，准备见面时送给奶奶。我们在约定时间到达，远远地望见奶奶摇动着轮椅朝我们这边过来。大家跑过去帮忙时，我触碰到她的手，奶奶的手像一块冻干龟裂的大地，凸起的倒刺如枯石般嶙峋。"摇轮椅时会打滑，我出门时就不戴手套了，捡纸箱时也方便。"奶奶跟义工们解释道，"周末打扰你们休息了，不好意思，我今天想请你们帮帮这家人。"我们循着奶奶手指的方向，把她推到一户人家门口。

当那扇纱窗掉落的防盗门打开时，一股浓烈的中药味扑鼻而来。一个头发花白的大爷探出头来，看清楚是奶奶带来的人，便让我们进了门。昏黄的灯泡垂头丧气地搭在简易挂钩上，吃力地关照着这间老旧的屋子。顺着裸露的电线，我们看见卧室内的床上有个熟睡中的宝宝，紧挨着孩子的是大爷的老伴儿，她正在轻轻拍着孩子，掖了掖被角后想来招呼我们。

　　奶奶示意她赶紧坐下照顾孩子。然后，她从怀中的夹层口袋里掏出一个布包，抠开三粒芝麻扣，取出了一小沓 100 元的纸币和皱巴巴的十几元零钱。

　　"这次不多，我攒了两个多月，想着你们缺钱，就赶紧给送过来了。"奶奶有些失落地说，"孩子的病治得怎么样了？"义工们的目光一下子转移到宝宝身上。"不是这个孩子，是孩子的爸爸，出了车祸来咱们这儿治病，他们是孩子的姥姥、姥爷。"大家明白了。

　　那袋书，我拎在手上，最后竟忘了给奶奶。我想着，以后总有机会。不能去地摊的时候，我偶尔会在微信里跟奶奶打个招呼。她也会给我发一些去养老院和福利院慰问时的照片，聊聊近况。她朋友圈里有段视频，我每每回味，都仿佛心尖上最柔软的地方被抓了一下。那是一个小婴儿被母亲环抱着，母亲鬓边的发丝垂下几缕，偶尔扫着婴儿的脸庞，婴儿笑着望向母亲。也许是因为那时我也正值孕期，容易被感动。恍惚间，我脑海里浮现出屏幕背后也在看着视频的奶奶。她是以什么样的心情在观看？她是否想起了小时候的自己也曾被妈妈抱在怀里亲吻着……

　　光阴的长廊里，脚步声吵嚷，又是一个四季轮转，窗外的枝丫绿了又黄。一转眼，褓褓中的孩子已经开始蹒跚学步，我也终于有时间重新连接外面的世界。整个孕产期，我从老房子里收拾了不少杂志书报，计划开春送给奶奶。

　　打开微信，编辑文字发送，等了一周，却没有回音。此后的几个月，我会带着那包一直没有送出的旧书，来到她常常摆摊的地方。这里一如往常，人头攒动，只是再没见过她的身影，我们之间的交集，终止得不声不响。我私心里希望，她真如那位邻座的姐姐所说，只是换了一个街头去"度人"了。

　　我不知道她真实的姓名，只知道她的网名叫作"莲"，大家都称她"轮椅奶奶"……

（摘自《读者》2022年第10期）

三件奢侈品

虹 影

　　和我不熟悉的人都以为我爱复杂，其实我喜欢凡事简简单单。

　　我的作品靠什么物质制造？三种物质：面包、水、电脑。

　　其他都是非必要的物质。

　　面包里最好有葡萄，做的时候用了最好的橄榄油。

　　水最好有气泡，冰冰的，把心中的怒火和怨气都浇灭。

　　电脑越高级越好。我每过两年就想换电脑，所以只能与家人轮流换。在作家中，我马马虎虎算个电脑通，电脑出问题也是自己修。

　　物质落差带来许多羞辱，这与物质本身没有关系。我是在重庆比较贫穷的地区长大的。我想我们的祖先，即便是达官贵人，大部分人过的日子也几千年如此，他们没有感到低人一等，因为当时的富贵人家也没有卫生设备、浴室和空调。

羞辱是拿自己与别人比出来的：别人坐头等舱，而你不能；别人吃外国牛排，而你不能；别人吃生蚝和龙虾，而你不能。物质当然是必要的，拥有物质才能蔑视物质，但是很多人有了物质却更崇拜物质。我认为，人生的意义如果落在这种"落差"上，羞辱就是自找的。

我喜欢白色，喜欢的房子内部色彩几乎都以白色基调为主。我更喜欢与这些白色联系在一起的人，还有那些有年代感的书桌和书柜。

重庆老家的堂屋，那些门框、木梯、阁楼的窗，都雕有花瓣。记得我家以前有一张架子藤绷子床，小时候，父母都不准我上去。几十年后，等到我家换新房，家里的哥哥和姐姐想给父母换新式床。远在异乡的我知道后就对母亲说，这床千万别扔。

母亲叫人把老床拆下来，好好放着。可有一年，我嫂子把这张床搬走了，我知道后很伤心。有一回，我与朋友逛北京燕莎附近的古董和字画作坊，看见一张还没有我家架子床漂亮的床，竟标着不可思议的价。我想怀旧之人不止我一个，不同的是他们标了价而已。

我喜欢用白色的餐桌、椅子和餐巾，这样当精心做好的美味放在精致的瓷器里端上来时，嘴张开，吃一口，说："今天我可以爱这世界，即便明天世界坠落。"

（摘自《读者》2022 年第 1 期）

坚守战地

一 条

2011 年，我 27 岁，作为《人民日报》的驻外记者，我开始了在中东的生活，一待就是 3 年。其间，我每天与自杀式炸弹、恐怖袭击擦身而过，记录了变幻莫测的政治局面和战火中的日常。

温 情

战争状态下，整个社会的运转是无效的，每天都会发生各种恶性事件，让人觉得非常煎熬。没有法律保护你，唯一能保护你的，就是你对人性的判断，以及他人的道德标准和行为底线。

因为没有安全感，人们的情绪变得不可控制。但日子还要继续，虽然草木皆兵，他们依然努力生活着。

我在利比亚时，接触过一个来自浙江的家庭。当时，整座城市只有他们还在做中餐、送外卖。我点了一份炒米线和红烧牛尾，没想到，送外卖时来了 3 个人——饭店老板娘带着两个十几岁的孩子。她说："我带着他们俩是怕出意外。你们也注意安全，如果要走，给我来个电话。"虽然只有短短一两分钟的交流，但在异乡见到同胞，还是很温暖的。

我还见证了一场特殊的婚礼，那是 2012 年，在叙利亚的大马士革老城。整座城市都空了，出门能不能活命全靠运气。每天射进城里的迫击炮弹少则十几枚，多则上百枚。

一天晚上，突然停电，我经过一个漆黑的巷子，发现里面人头攒动。我走进去才发现，这儿正在举行一场婚礼。

在场的宾客有近百人，大家穿着晚礼服在拥挤的餐桌间跳舞。新郎和新娘一周前被落在停车场的一枚迫击炮弹炸伤，身体还没有恢复，也拖着受伤的身体在跳舞。婚礼上播放着赞美叙利亚的歌曲，宾客在祝福新婚夫妇的同时，也祈祷叙利亚能在战争中挺过来。

以往，叙利亚人办婚礼都要去郊区，有上千人参加，不狂欢到凌晨三四点不会结束。今天这场婚礼算是"精简"版的，并且考虑到安全问题，必须在夜里 12 点左右结束。

在婚礼上，我跟一个叫卢比的姑娘聊天。她说她的未婚夫为躲避兵役出逃黎巴嫩了，但她坚持留守叙利亚。战争阴云下，生离死别前，每个人都有自己的选择。

在大马士革，我感觉空袭就像下雨一样，成为一种生活常态。人们在死亡的笼罩下，大概只有淡忘死亡才能找到一丝快乐。

撤　侨

大部分中国人对"撤侨"二字都很熟悉，只要国外有战乱冲突，我们国家一定会在第一时间安排撤侨。

2011 年，我在埃及。因为利比亚内乱，有大批民众从利比亚拥向埃及，其中就包括 3.6 万名中国人。我接到报道任务后，就坐车前往利比亚和埃及的边界。

车子沿着山路一路开去，不时能看到一辆辆车顶捆满被褥与行李的小皮卡经过，应该是逃难的难民。路边布满铁丝网，可以看到联合国各个机构的旗帜和成片的帐篷。惊魂未定的人们四处张望，还有人试图拦下我们的车。

中国大使馆的工作人员比我们更早抵达边境。他们在一个小旅馆里给中国公民办手续，那一批中国人大概有 300 人。这些人因为是劳务派遣，逃难时护照都不在身上。使馆人员与利比亚海关交涉，以确保他们能在这种情况下顺利通关。

中国的影响力在这时候体现出来了——中国公民没有受到任何阻拦，其他国家的难民，却无法获准入关。

中国租用的大巴停在边境上。凌晨 1 点，当工人们走出关口，看到中国国旗和车辆，很多人泣不成声。

25 辆大巴上，每个座位上都放着矿泉水和饼干。凌晨 2 点，撤出人员均已上车就位。大巴连夜驶向繁华的开罗。汽车开动时，所有人都不由自主地鼓起掌来。抵达开罗已经是第二天下午，人们被安排在金字塔下的一家五星级酒店。第三天，他们坐上了返回中国的包机。

一个多月后，当我再次驱车到口岸采访时，发现仍有 1.2 万人滞留边境。许多来自非洲的难民，除随身衣物和被褥外一无所有，他们用被子在地上打地铺，很多人已经在口岸等待了很多天。

有些人知道了我的记者身份后，开始向我诉说他们的经历。

一个原本在利比亚东部城市班加西做服装生意的男人，为了躲避战乱，一路向东来到埃及。他身无分文，完全依仗国际组织和埃及政府的救助，已经在口岸待了 25 天。

还有一大群发国难财的人，每天开车几次进出生死线运送人员，当然，费用也高得离谱。

现场提供医疗保障的医生告诉我，很多人舍不得吃医生免费开的药，而是藏在身上等着换钱用。

我看着他们的遭遇，想到 3 万多名中国人已经与家人团聚，不由得感慨万千。

日　常

这 3 年的驻外经历，对我来说很宝贵。我的生活就是在按部就班和轰轰烈烈中不停切换。

日常是采访、写稿，找当地的朋友吃饭、聊天、逛街。

轰轰烈烈，自然是指经历炮火，睡觉也要保持警醒。有一次，在的黎波里的酒店，凌晨 1 点左右，我被一阵接一阵的轰鸣声惊醒。落地窗在冲击波下，发出"咣咣"的声响。

我按照酒店的逃生路线图，爬到楼顶。我发现已经有记者戴着头盔、穿着防弹衣，架好机器等待拍摄下一次轰炸——这里每天对着城区的轰炸有二三十次。

回到房间，我用胶带把落地窗贴得像蜘蛛网一样，以防玻璃碎裂，飞溅伤人。我睡在床和墙夹缝的地毯上，以床作为屏障。

我还经历过一次抢劫。那是在利比亚，当时只有我一个人，一个男人走过来，把我的钱包和相机都抢走了。我快步冲上前去，想把东西抢回来。他停下来，示意我再敢过去就要掏手枪了。当时我满脑子都是这几天拍摄的照片，最后在僵持中，他用力将我推倒，大步流星地逃走了。这时我才意识到，我的腿抖个不停，连站起来的力气都没有了。后来，在路人的帮助下，我才回到酒店。

长期处于紧张状态，人的身体和精神会有些变化。比如睡眠会减少，精力异常旺盛，情绪波动大，容易大笑大哭。但这些都不重要。我认为，更好地完成报道，尽快向读者展示真相，才是最重要的。

坚守战地1200天，我对世界有了新的体悟。在战争中，我遇到过许多手无寸铁、命运飘摇的人，我想通过自己的报道，激发世人更多的悲悯之心，大家一同努力让世界远离战争。

（摘自《读者》2022年第10期）

月光烧成的灰

董改正

不能解释的都是奇迹。外婆一直在等一场霜。

霜落之后，菜就甜了。腌白菜，腌芥菜，腌雪里蕻，上色入味。腌萝卜尤其美味。老种白萝卜，纺锤形的，洗净了，切成月牙状，齐齐码在竹簸箕上，像一只只小白鸭。最初是晶莹水润的，半日后就蔫了，边角内卷了，有了皱纹，惹了灰黄。再晒一日，吹小半天风，就可以下坛坛罐罐腌制了。

每到大雪后，我都会给旅居海口的李君寄点儿咸货。咸鸭子，咸肉，他都特别喜欢。海南冬天的轻寒不够锋锐，就像挠不到的痒，不足以让腌味侵入腌货内部，无论如何也炮制不出记忆里舌尖上的"腊味"。用冰箱模拟内地的冬天，腌出来也只是概念上的咸货。味觉的火柴棒，无法引燃舌尖上记忆的草蛇灰线。到底还是不行。

缺了什么呢？

母亲的腌菜手艺，比起外婆的要差很远。外婆腌的萝卜缨子，一根根似金丝缕缕，拍碎的蒜如碎玉，切丝的辣椒如红线。用干筷头夹一碟子，下入烧熟的香油，略翻炒，脆黄酸香，宜配稀饭干饭，宜搭面条，宜夹馍，寡吃也好，只是太奢侈。外婆腌的水萝卜，水个嫩嫩，黄个生生，咬一口，嘎嘣脆，润润的酸，酸得半夜想起来不吃一块就睡不着。村里有个孤寡老人，临终前想吃一口我外婆腌的水萝卜。外婆赶快送来，老人吃了一口，长叹一口气，这才去了。外婆腌的五香萝卜更是极品。我不曾见过谁会把萝卜切成那样的长条，长得像蚕豆的豆荚，简直有点儿媚，像青衣的水袖。那会儿，一排排这样的萝卜躺在竹簸箕上，就像一条条秀美的江南划子停在河边，在月色里轻轻荡漾。

我记得那是个月色皎洁的冬夜，霜染大地，晚村寂寥。院子里，芦秆编成的晒席上，依然晾着萝卜干。露珠在凝结，霜也在凝结，漆黑如墨的树冠里，鸟呢喃有声。霜是凝华态，露是液化状，总归是水的前世今生，总归是和着尘土的，脏，回潮。外婆笑着说不怕，天明吹一阵小风，晒半天日头就好了——哪里就脏了呢？她笑着看我，月光连忙照亮了她的脸。我立时就赧然了。外婆用新稻草烧灰，沾染白净如玉的糯米裹粽子，我能一口气吃三五个，不蘸糖。外婆将绿豆壳晒干了，焚成灰，晒好，放一把煮稀饭，那个香，那个糯，今生恐难重温了。

外婆走了很多年，母亲也已经七十三岁。母亲一辈子忙碌，没有时间将心思放在食物上，食物对于她就像汽油对于汽车，是续命的能量而已。那天我给她做了蒿子粑粑，她说真好吃。她是知道好吃的。外婆一生悲苦，却依然那么热爱生活，热爱生命。不能解释的都是奇迹，外婆便是。爱是最大的奇迹。

　　霜未至，月色如霜。等霜落后，今年我要腌点儿萝卜，腌点儿肉，腌点儿鸭子。今年我得给李君寄一些去。我或许还应该告诉他，其实参与味道酿制的，不仅仅是温度，可能还有虫鸣、犬吠，可能还有月光烧成的灰。

（摘自《读者》2022 年第 6 期）

不喝咖啡的人

明前茶

　　为何要在大学毕业后，放弃自己的专业，去当一名咖啡师？小詹的理由很简单：他是那种温吞、敦厚、单线条思维的人，而当前这个时代，如《罗辑思维》的作者罗振宇所说，很多工作已经进化到唯有能多线思维的人才能胜任。比如一个项目架构师，他必须跟投资方打交道，跟媒体、自媒体打交道，用一连串过目难忘的比喻，让人深信他的想法是会下金蛋的。他必须同时成为演说家、工程师、媒体公关、项目经理与精明的财务。他的工作仿佛是要调度四层立交桥上的所有车辆，还要带着它们以三倍速度前进。小詹在上大学时做过不同单位的实习生，发现像他这样只会专心做一件事的人，已经被时代的洪流挤到一边。

　　幸好还有咖啡馆，那些散发着 200 年前的醇厚香气，允许养猫养鱼的咖啡馆，收留了他。

想到这一点，老实木讷的小詹，就对咖啡馆充满了感激。

他是那种一直挣扎在中等生行列的人，不免对那些混成了中等生的顾客暗怀同情。他长期服务的咖啡馆，开在一家培训机构的楼下。距店面不到300米还有一所民办初中。那所初中的报考难度，已经有10多年位居全市前三。因此，经常可以见到穿着校服的孩子三五成群地来咖啡馆写作业，也可以看到送孩子来补习的家长，带着自己的大茶瓶进来等候。在这里，当碾磨咖啡的震动搅拌声停歇下来时，小詹总能捕捉到家长压低了声音的催促与怒吼。是的，在这个唯有一心三用、以三倍速度行进才可能成为精英的时代，你怎么可以奥数只考70分？你怎么可以连《新概念英语》上的文章都背不会？你怎么好意思考年级300多名，还有心思在这里玩猫？小詹闻到了焦虑散发的愁苦之气，连咖啡味也盖不住。

孩子很不容易。一名面熟的初中女生，放学后总是一个人落寞地过来撸猫，咖啡馆里的猫都跟她很熟，愿意在她面前亮出肚皮。在斜阳下，孩子挂掉母亲气势汹汹的问询电话，抹掉了脸上的泪。她又撸了一会儿猫才走，猫无声地舔着她的手背。她从不买咖啡，小詹不着痕迹地送她柠檬水喝。怕她尴尬，他给邻座也送了一杯。不知为什么，看到这个独来独往的女生，小詹仿佛瞥见了10年前的自己，那么敏感，渴望独处与自由，又因为家长的焦虑与忧心，不由自主地沉浸在淡淡的自卑中。

家长也很不容易。他们支付了昂贵的培训补习费用，又要支付孩子下课后的点心与咖啡费用，而习惯精打细算的他们，都是自带保温杯。这种客人肯定不受老板欢迎，但小詹会动用自己仅有的一点权力，把店里新品品尝活动的点心送给他们。

或是一块新奇口味的泡芙，或是一块小蛋糕的四分之一。家长抬起头，惊讶地打量小詹。小詹报以"我请你吃"的手势与微笑。家长又挣扎了一会儿，小詹意识到她在犹豫要不要把这一口点心也省下给孩子。然后，她终于拿起小勺，过分斯文地开始品尝。

　　小詹在她的侧影里，看到一簇令她触目惊心的白发，犹如看到为自己的成长担惊受怕了十几年的母亲，不禁鼻头酸涩。

（摘自《读者》2019 年第 16 期）

生命的延续

闫坤沐

2019 年 2 月，中国器官捐献志愿登记总人数突破 100 万——在中国人体器官捐献管理中心官方网站的首页，截至 2019 年 2 月 28 日，志愿登记人数的具体数字为：1055722 人。

协 调

我国从 2010 年开始试点公民志愿器官捐献，至今已累计实现捐献 23219 例，捐献器官 64087 个。从绝对数字来看，捐献、移植数量均已位居世界第二。但由于人口基数巨大，器官的供需依然处在极度不平衡的状态。

通常，在临床发现已经救治无望的潜在捐献者后，器官捐献协调员会出面与家属沟通捐献意愿，如果家属同意捐献，他们会协助家属处理捐献文件，并由医生把捐献者的信息录入中国人体器官分配与共享系统，系统会综合考量配型、病情严重程度、地域、等待时间等因素，自动匹配受捐者。

俞欢是浙江大学医学院附属第一医院的人体器官捐献协调员。实际工作中，字面意义上的"协调"大多都会表现为现实中的艰难"劝说"。

当发现潜在捐献者后，俞欢第一时间询问家属是否有捐献意愿，而这常常会被视作一种冒犯。

例如，捐献是无偿的，但接受移植的人为何要付出几十万的费用？这让有些捐献者家属认为，协调员是倒卖器官的人。面对这种质疑，俞欢会告诉家属，这些费用是用来支付器官运输、保存等移植过程中产生的成本，而器官本身仍是无偿的。

还有，如何让家属在捐赠同意书上写下：放弃治疗。

在我国，法律规定的死亡标准是：心跳、自主呼吸停止，血压为零，瞳孔扩散，反射消失。但由于医疗技术的发展，临床上经常会遇到这样的状况：脑干或脑干以上中枢神经系统永久性地丧失功能，但在呼吸机的作用下，病人还可以被动呼吸，维持心跳和血液循环。

这时，患者已经脑死亡，失去了被救活的可能，但家属依然觉得他还活着，哪怕付出高昂的成本也愿意维持这种状态。而根据捐献器官的规定流程，家属需要在同意书上写下"放弃治疗"，然后看着自己的亲人被拔掉呼吸机，不再呼吸，最终离世——对于本身就忌讳谈死的中国人，是一个无比艰难的过程。在家属挣扎犹豫期间，器官也会不断衰竭，慢慢失去移植的价值。

现实中，很多适合的潜在捐献者都是突发意外，如脑出血或者车祸，这种状况会更复杂。根据我国相关规定，器官捐献要配偶、父母、子女三方共同签字同意，但有时，突发意外去世的潜在捐献者的父母已经年迈，家人甚至不敢告诉老人孩子去世的消息，遑论让他们签字。而在意外面前，家属还需要时间接受现实。有时，在家属同意捐赠后，俞欢会让他们再陪伴亲人一晚，在医疗需求和人文关怀之间寻找平衡。

完成了前期的全部流程后，在摘取器官的过程中，协调员还会代表家属到手术室中见证和监督，并且协助家属办理后事。这也意味着完成捐献并不代表协调员工作的完结，他们还需要处理很多的后续状况。

比起工作中的琐碎与复杂，俞欢还需要面对的一个现实是：做协调员并没有可以预见的职业发展路径，这也是在中国做器官捐献协调员需要面临的困境之一。

在器官移植事业开展比较早的国家，协调员已经是一个独立的职业，而在中国，他们大多由医院的医护人员或者红十字会工作人员经过培训后兼职从事。在成为协调员之前，俞欢是医院 ICU 的护士。一开始是兼职，但迅速增加的工作量很快不允许兼顾，她只能选择全职。

等　待

一边是对捐献者家属的劝说、协调，而另一边则是捐献受者的漫长等待。这个过程有多折磨人，李成感受过。

2015 年 4 月，他被确诊为扩张性心肌病晚期，心脏壁很薄。医生告诉他，这种情况极度危险，哪怕是上厕所起身，都有可能引发心脏壁破裂出血，人在短时间内就会没命，移植是唯一的出路。

一开始，李成并不愿意接受这样的现实。他在网上搜索"心脏移植"，查到的几乎全是负面信息：花费高昂，死亡率高……他想，花几十万还有可能下不来手术台，不如在家养病。谁知情况越来越糟，他慢慢失去行动能力，甚至连饭都吃不下去。

2016年11月，抱着博命的心态，他住进了北京阜外医院的ICU。

心脏移植配型的过程像是一场竞赛——一旦有捐献者，医生会同时通知几个等待移植的病人空腹抽血，然后带着他们的血样连夜飞到捐赠者所在地去做配型。与此同时，这两三位候选者会进行手术的准备工作，但只有相关指标匹配程度最高的患者才能获得手术机会。第二天一早六七点，病房的电话铃响起，接听的护士会宣布谁是中标者，然后推着他进手术室，对没能中标的人来说，就是空欢喜一场。

从11月一直等到第二年4月，李成做了8次配型，有3次连手术车都来了，最后还是没做成。2017年清明节期间，李成终于做上了手术，这距离他入院已经过去了半年。

以前有人和他说，做完手术整个人就焕然一新了，他不相信，哪会有这么神奇的效果。真做完了，李成最直观的感觉是，血管鼓起来了。以前心脏功能弱的时候，血压极低，抽血的时候看不见血管，针扎进去也不见血往外流，扎好几下才出一点血。手术之后再抽血，针一扎进去血就出来了。

如今，李成偶尔会坐在马路边，看来来往往的人群发呆，庆幸世界的嘈杂还和自己有关。他每两三天就会更新一条朋友圈，主题就一个：今天陪女儿玩了什么。他说，生病以前对女儿的未来有很多期望，但现在只希望她能接受自己是个普通人，快乐就好。

生　存

姚银渊是一个肝移植受者，在浙江海宁市的一个社区工作。生病时，由于家庭经济困难，当地媒体为姚银渊组织了募捐，并且全程记录了他手术的过程。手术半年后，他就回到了工作岗位，并且成为浙江大学医学院附属第一医院的器官捐献志愿者，他以过来人的身份为移植受者和家属提供咨询、辅导。

他组建过一些 QQ 群，聚集当地接受过器官移植的人，希望大家互相关照、鼓励。但他很快发现，线上聊得不错的朋友，并不愿意参加见面会。

这让姚银渊意识到，如何证明自己拥有参加工作的能力，对很多受捐者来说是非常困难的事。"有个受捐者，老板知道他做过移植，就说，这人不要。你拿体检报告给他证明一切正常都没有用，他怕你哪天要是不好了，会让企业承担责任。"

姚银渊并没有遇到这种状况，为了让更多人看到移植受者的生活状态，他反而愿意有更多的机会面对媒体。接受采访时，他对病友中的励志案例也是如数家珍："像老吕，60 岁了，他是警察嘛，参加公安系统的运动会，老年组游泳没有人能比得过他。""还有一个阿汤哥，身体好到什么程度，他可以跟正常人一样去参加铁人三项，这简直是一个奇迹。"

他相信这些正面例子会带来精神力量。

理　解

如何让更多人了解器官捐献、了解这对受捐者的意义，是张珊珊工作中最重要的内容。她是器官捐献管理中心宣传部的负责人。2014年4月，一个特殊的器官捐献案例在中国发生。

在这个案例中，捐献者夫妇是生活在中国的美国人，女儿蒂安娜7个月大时因为吸入异物导致窒息。得知救治无望后，他们主动提出捐献器官，蒂安娜成为我国首例外籍器官捐献者。

蒂安娜父母作为捐献者代表，参加过一场和受捐者代表见面的活动。

当时距离蒂安娜离世已经一年。一路上，张珊珊都在想：那些移植受者，会用什么样的方式来感谢捐献者家属？现场的反应出乎张珊珊意料，蒂安娜的妈妈是最激动的那个人，她给每个移植受者都准备了礼物，忍不住抱着他们亲吻。"那一刻我就明白了，对蒂安娜的妈妈来说，她也感激这些孩子让她女儿的一部分还活着。"她并没有沉湎于女儿的离去，反而为她能挽救别人的生命而自豪，这是一种完全不同的看待生命的方式。

2016年9月，因为一个新闻专题片的拍摄，张珊珊接触到在重庆生活的果果父母。

果果去世时13岁，像花朵一样含苞待放，还刚刚创办了自己的文学社。一天，她在学校突发抽搐，送到医院后被诊断为先天性的脑血管畸瘤突然破裂导致大量出血，经过两天抢救依然无力回天。果果的父母做出把孩子的器官捐献出去的决定——她的一对角膜、肾脏和肝脏分别移植给了5个受捐者，唯独心脏，父母没舍得让它离开女儿的身体。

见到这家人是在果果的告别仪式上。现场被设计成欢送会的样子，家长以果果的口吻写道："我完成了在人间的使命，我现在要离开了，回到天上去做一颗星星。"孩子穿着蓝色的公主裙，果果妈妈也穿着天蓝色连衣裙，长发垂在肩膀，她给周围人的感觉是，内心极其平静。

张珊珊带着摄制组找了个房间和果果父母坐下来，她向他们表达歉意——在这样悲伤的气氛下还要进行采访。果果父母说:"我的女儿救了5个人的命,她还活着呢。"

因为这些捐献者家属,张珊珊开始深刻理解器官移植捐受双方的关系——这并不是一方对另一方的伟大付出。对捐献者家属来说,移植受者的存在也是重要的情感寄托,这是一件造福双方的事情。

将目光投向移植受者后,张珊珊开始调整工作思路,鼓励移植受者面对媒体,传达他们的生命力量。而对器官捐献者的家属,比起被歌颂,他们更需要的是大众的理解。

一个江西农村家庭,男孩18岁,在外打工时出车祸抢救无效,家属做了捐献器官的决定。父母回到江西老家,借钱的人就找上门来。村里不相信有人会做这么伟大的事情,有传言说他们把孩子的器官卖了。男孩的妈妈每次出门,背后都有人指指点点,她只好躲在家里哭。

得知此事后,张珊珊特意邀请男孩的父母来参加活动。在上海的宣传活动上,他们被请上台领了一座水晶纪念杯,并且和红十字会会长陈竺合影。这个妈妈激动地说:"现在回去,我就可以把照片摆在家里,告诉他们,我做了这么伟大的事情,你们不能再说我了。"

(摘自《读者》2019 年第 21 期)

为了找到这样的自己

刘　娜

1

我出生在河南一个三乡交界的小村庄。从我们家到村里的小学，有三里地。

20世纪80年代，我读小学时，村里普遍贫穷落后，满眼都是低矮的砖瓦房，家家都是木门、木窗、破院子。

对于我们这些除了去乡里赶集，连城里都没有去过的小孩来说，能吃饱饭、穿暖衣、有书读，就觉得人生已然抵达高光时刻。所以，在整个小学阶段，我没有一点儿贫富观念和心理落差。

我穿的确良衣服，别人也穿的确良衣服；我穿方口布鞋，别人也穿方口布鞋；我吃馒头就咸菜，别人也吃这两样；我放学回来就跑到沟边、河边，给牛和猪割草，别人跑得比我还快，割的草比我割的还多；我背着我妈给我用花布条在缝纫机上做的荷叶书包，别人也背着他们的妈妈用碎布条做的五彩斑斓的布兜；我早晚自习用我爸给我做的煤油灯，两只鼻孔都被熏得黑乎乎的，别人一个个也都被熏成大花脸……没有分别，就没有羞耻；没有比较，就没有伤害。

那时候，我和小伙伴迈着大步穿梭于村头、田间、河沟、坟场和学校，盲目自信地认为，全世界都和我们村一样，全世界最有文化的人大概就和我们村的小学校长差不多，全世界最有钱的人肯定是乡供销社社长。

但这种井底之蛙般的愚昧无知，很快就随着我们行走半径的扩大，被击得粉碎。

2

12岁时，我到乡里的中学读书。

乡里的孩子，绝大部分和我一样，来自多子女的家庭，父母都是面朝黄土背朝天的农民，他们穿着姐姐或哥哥的旧衣裳，用香皂洗脸，用洗衣粉洗头发，用搪瓷缸子吃饭，蹲在地上大口大口地吃着食堂里因用碱过量而满是黄斑的大馒头。

只有极少部分同学，和我们不同。

这极少部分同学，来自镇上，父母要么是乡政府的工作人员，要么是乡派出所的警察，要么是学校的老师。

我记得，我当时的同桌，是我们学校电工的女儿。

她长得漂亮，性格开朗，对我也好。我初中第一次来例假时，根本不知道这是怎么回事，发现时裤子已经弄脏了，我吓得想哭。她果断地把自己的外套脱下来，系在我的腰上，然后挽着我的胳膊陪我去厕所。

但她对我的好，并没有换来我对她的不设防。她越对我好，就越让我在与她的比较中，发现自己不够好。尤其是，当她告诉我，洗脸要用洗面奶，洗头发要用洗发膏时，我更觉得她和我不是同一个世界的人。

如今想来，她不过是说出自己的日常生活，我却认定她在嘲笑我的粗鄙。

所以，那时和我玩得最好的女同学，仍然都是来自农村的孩子。我们天性相通，惺惺相惜，心心相印。我们在气味极重的厕所门口的路灯下挑灯夜读，睡在老鼠到处乱窜的大通铺上，吃着从家里拿来的辣椒酱和芝麻盐，周末的下午骑着锈迹斑斑的二八自行车，有说有笑地沿着乡间的小路，回到十多里外的家。

大概从那时起，我就深谙一个道理：我们虽然对异类充满好奇，但只会在同类面前感到放松。

3

15 岁时，我去了我们县最好的高中。

我第一次在学校的小食堂里，吃到了热干面、馄饨和米线。我也是第一次知道，在馒头和青菜面条之外，这世上原来还有那么多好吃的东西，它们都被称作"食物"。我甚至也是第一次知道，世界上真有红绿灯这种东西。"绿灯行，红灯停，黄灯亮了等一等"，原来是城市交通的基本规则，而不仅仅出现在儿歌里。

高中时，班里不少同学，家都在县城，父母是各行各业的职工。如今看来，他们也是穷人家的孩子，但在当时，被我们这些农村的孩子，称为"城里的"。

我上高中时的几个同桌，都是城里的。她们穿着好看的裙子，身上带着好闻的香味，做事总是不慌不忙，有条有理。

其中有一个同桌，对我特别好，她总爱从家里拿来苹果、火腿肠、巧克力这些东西给我吃。"我妈说，再不吃就过期了，我吃不完，我妈以后就不给我买了，你帮我吃点。"她眼睛笑成月牙儿，温柔地说。

那是我第一次吃巧克力，觉得巧克力有点儿苦。这苦，更像一个除了学习什么都不知道的女孩内心的拧巴和苦涩。我不知道如何排解这种拧巴和苦涩，就想当然地认为，是我那温柔的女同桌带给我的。我一边接受着她的恩惠，一边又在她面前伪装得特别自负。

多年后，我大学毕业，在外工作多年，回到故乡，和她相逢。她留在了县城，在父母身边工作。谈及旧事，我提到她总是给我带好吃的。她笑着说："你知道吗，当时你就有 1.63 米那么高了，但瘦骨嶙峋的，肩胛骨的骨头翘得很高，你学习那么用功，我真怕你因为营养不良而晕倒……"

那一刻，县城十字路口的车流和人流快速后退，唯有她圆圆的笑脸，在我模糊的记忆里，幻化成几个人，又重叠成一人。

她一直都那么好。只是很多年后，我才知道。

4

高中毕业后，我考上了大学，背着编织袋，坐上绿皮火车，逃离了贫困的故乡。

我们宿舍里一共有7个姑娘，其中两个来自城市，5个来自农村。来自城市的两个，都是独生女。她们每次被父母开车送到学校时，都会带整箱的零食，和我们分享。睡在我下铺的那个姑娘，长得温柔可爱。她会给我们讲她父母的爱情故事，也会和我们讲她跟随军医父亲几次转学的心路历程，以及她暗恋过的男孩。她毫无保留的分享，让睡在上铺的我，在震撼之中，体会到一种叫"坦荡"的力量。那是为了掩盖自卑故作高傲，为了遮掩贫困故作冷漠，为了证明优秀而活在分裂中的我，所不曾拥有的力量。那是一个长期生活在宽松环境里的孩子，在父母温柔平和的爱里，对自我深度接纳后，所拥有的对周围信赖的力量。

第一次，我想成为她那样的人，想拥有她那样的力量。我想做一个可以真诚地向别人打开自己，准确地说出内心的想法，与自己的缺点和忧伤坦然相处的姑娘。

我知道，那是另一个世界的一些孩子天然就拥有的东西。出生于这个世界的我，必须从苦涩和拧巴、自卑和孤傲、分裂和对抗里挣脱出来，才能向那个世界，一步步靠近。

5

大学毕业后，我留在城市工作，如父辈所期许的那样，吃上了公家的饭，成了城里人。然后，我嫁给一个在城里长大的男人，生了一个城里的孩子。

但多少个锅碗瓢盆叮当作响的日子里，我看到我的"咸鱼"老公，悠闲地躺在沙发上看电视，温和地给我们家的鹦鹉投食，哼着小曲儿给阳台上的花草浇水。

而我那明显继承了他爸"咸鱼"体质的孩子，吃着零食，打着游戏，做完老师布置的作业，无论如何也不想再多看一页课本，风风火火地约上一帮"熊孩子"，没心没肺地在小区里疯玩。只有我像一个停不下来的陀螺，又是读书考证，又是打扫卫生，又是做饭洗衣，一刻也不允许自己闲下来。

因看不惯老公和孩子的悠闲，我忍不住一次次抱怨发脾气时，一股悲凉之情涌上心头：贫穷刻在我骨子里的不安全感，和必须努力奋斗以证明自己有用的焦虑感，从来就不曾远离我。这是一个出身于贫寒家庭的孩子心中的魔咒，哪怕我已经在城市扎根很多年。

也就是在那一刻，我忽然羡慕我的老公和孩子：他们对生活如此满意，对当下如此满足，对自我如此接纳，对一切如此温柔平和；他们极少和人比较，也从不忌妒他人，他们不是活在目标和执念里，而是活在当下。

我问自己：不断破局的我和坦然随和的他们，孰优孰劣？思来想去，我最终不得不承认：没有优劣高低，我们生而不同。我不是他们，他们也不是我。我所经历的是他们未曾经历的，他们所拥有的我也未曾有共鸣。我不必拿自己的标准苛责他们，他们也从未拿自己的那套否定我。

不同的出身，造成不同的经历；不同的经历，带来不同的感受；不同的感受，形成不同的见识；不同的见识，指导不同的行动。尊重这种不同，或许是我们生活在同一个屋檐下的和解之道。

我从乡村来到城市，从贫穷走向富足，从自卑走向自信，最终的使命，不就是为了找到那个终于知道"他人不同于我，世界是参差不齐"的自己吗？

为了找到这样的自己，我竟然用了 30 多年。

（摘自《读者》2021 年第 17 期）

大地朗照家园

刘东黎

世界有时可以从一件简单的农具、一株普通的植物、一件沉默的艺术品中涌现。大地是承受者、开花结果者，它伸展为岩石和水流，涌现为植物和动物。

大地生命共同体中的蚂蚁、蜜蜂、麻雀、杜鹃、野兔、驴子、麦子、稻田、树林等，在很多时候，很难成为被人欣赏的对象。人们通常不会有像苇岸那样的领悟："麦子是土地上最优美、最典雅、最令人动情的庄稼。"对大多数人来说，田野与土地只意味着艰苦的劳作。乡村会有静谧、纯真、简单、富足的时刻，然而，它毕竟与辛苦相连，与年复一年的重复相连，却难以与诗意或审美相连。

但诗歌确乎在农田与野地之间。"我这辈子从来没有用过书桌，我也从来没有用于写作的房间。"诗人弗罗斯特长期生活在乡下农场，他的诗就是在农事间隙，倚靠着树桩小憩时构思出来的。对他而言，自己的生命就像一株依附于大地的植物。和所有的农夫一样，诗人生活的世界，完全依托于田垄、泥土以及大地慷慨的馈赠。

1935 年，利奥波德举家搬至威斯康星州沙郡北部的一座破败农场，因为长期以来，他一直"渴望拥有一片土地，靠自己的努力去研习大地之上的动物、植物"。他发现鸟儿不仅是自然界专业的歌手，还是最优雅的舞者，枯橡树居然还能为松鸡提供庇护，而蓝翅黄森莺已经在农场安心地筑巢安家了，这是何等的信任啊。"风很忙，忙着在十一月的玉米地里奏乐。玉米茎哼唱着，松散的玉米棒半开玩笑地弯曲盘旋着向天空轻轻挥动，风则忙碌着继续前行。"

清代郑燮有言："吾意欲筑一土墙院子，门内多栽竹树草花……清晨日尚未出，望东海一片红霞，薄暮斜阳满树。立院中高处，便见烟水平桥。"可见这种回归田园的心愿，古今中外攸同。这里无所谓仕与隐，也无所谓城市与乡村，人与粮食、土地与村庄，一切自然而然，呈现出最本真的生存状态。

人在大地上培育作物，保护在他周围生长的东西。劳作，就是人在故园的扎根方式、定居方式。

寒来暑往里劳作与收获，能帮助人们坚定信仰。扎根，就是克服"飘荡""失衡"，它通向永恒之途，复归存在之根。

（摘自《读者》2022 年第 14 期）

从巴黎到池上乡村，我找回了平衡

蒋 勋

2010 年，我因为急性心肌梗死做了心脏搭桥手术。经历了那场生死劫难，我突然觉得，是不是应该换一个环境，为自己的身体节奏做点调整？多年来，在台北生活，在巴黎读书、绘画，我似乎永远生活在大都市，是不是应该做些调整？

年轻的时候，我常常背着背包四方游走。我去了巴黎，去了纽约，去了世界上很多地方。我走过风华，也走遍空寂；看遍美景，也看过荣枯。而今，从心所欲的我更愿意回到池上——这是地处台湾东部的一座小村庄，写作、画画、散步、读经，以最少的物质需求过最简单的生活。

我找到了自然的秩序，也找到了自己内在呼吸的秩序。我明白了孤独即生活。

这几年来，我每天早上走 1 万步，傍晚走 1 万步。用手机拍摄了六七千张照片，随时随地记录这片土地的四季更迭、节气变换，分辨五谷，看云观岚。

世界上没有绝对的好和不好，其实只是一个平衡。人生亦是如此，如何找到平衡点是大智慧。在池上，我找回平衡，让时间慢下来。

池上的农民，是我真正的老师

很多人回到自然里，觉得整个人都放松了。会嗅到水稻在抽穗时散发微微香味，稻穗上面有一点红色，有点像人的胴体，仿佛真的有一个生命在里面，从绿变黄，再慢慢变红。

那个骄傲的稻穗开始弯了。从农民的视角来看，稻穗越挺，收成越不好，越重、越饱满的稻谷就越是弯着腰。农民简直就像人类的哲学家。你会因为清晰的四季变换，而开始思考自己身体的春夏秋冬——经过童年、青少年、壮年、中年，现在如何安乐步入老年。像一条河流一样，慢慢知道生命的每一个阶段的不同景象，了解并学会如何与不同阶段的自己相处。

人不会青春永驻，如何在青春的盛放之后，在绿荫中安静地享受"老年花似雾中看"的那种快乐？这世上没有什么是不好的，要学会在人生的不同年龄欣赏不同的美。

池上的农民，是这一年半里我真正的老师。农民在土地里劳动大半辈子，身上有一种稳定性，丰收时到土地庙拜拜，而遇到歉收的年景，虽然一年的努力白费，但他们还是会去土地庙拜拜。

我常常问自己：我真的傲慢成这样吗？有成就，感恩；如果没有，还能感恩吗？我有时会怨怼，可是农民永远感恩，他们觉得永远要敬天地，因为其中有你不知道的因果。

我在成长过程中一直有偶像，之前可能是托尔斯泰、猫王、披头士，我现在的偶像却是农民。原来真正的伟大是平凡做人，做平凡到别人不知道的人。

身体也有日历，需要找回自然的秩序

刚刚来到池上时，我被一间简陋的房子吸引住了。这间房子原来是退休老师的宿舍。我一进去就有种似曾相识的感觉：红色砖墙的黑瓦平房，刷着绿色的油漆，有很多窗户，还有很大的院子。恍惚间就觉得那是我10岁左右随当公务员的父亲所住的宿舍，我立刻决定住在这里。

我用木板钉了一张画布打算作画，却经不住诱惑，经常往外跑。刚开始的一两天，我待到晚上8点钟也没画出来。去街上吃晚饭，发现所有餐厅都关灯了，就挨户敲门。村民很惊讶：为什么会有这个时候吃饭的人？我这才发现，原来身体也有日历，身体也需要找回自然的秩序。

对于中国的二十四节气，身处北京、上海这样的大都市，大概是没有感觉的。过去，文明跟自然之间是有沟通和对话的，但工业革命以后，我们的身体跟自然被一个无形的东西隔开了。

在都市里，我们几乎丧失了对晨昏的感觉，开灯就是早晨，关灯就是晚上。来池上后，我开始按照池上的晨昏作息，晚上8点钟入睡，早晨四五点起床工作，坚持下来，身体竟然好了许多。

有比时间、岁月更昂贵的东西吗

今日的乡村还有许多同样美丽的角落。听到一个妈妈拿着两个新摘的丝瓜，像是抱怨又像是欢喜地向左邻右舍询问："一早起来，门口摆了两个丝瓜，谁送的啊？"没有人回答，大家笑着，仿佛觉得这个妈妈的烦恼是多事。

我也常吃到他们腌的梅子，晒的笋干、菜脯。有一天得到叶云忠家的鸡汤，味美甘甜得不可思议，我问加了什么，他们说："只有腌了 14 年的橄榄……"

村子里家家户户都像藏着宝，14 年的橄榄、18 年的菜脯，市场上买不到——不是价格昂贵，而是时间珍贵。在一切求快的时代，我们失去对物质等待的耐性，没有耐性等待，会知道什么是爱吗？

有比时间、岁月更昂贵的东西吗？我们还有耐性把橄榄放在瓮中，等待 14 年吗？我们还有耐性让菜脯放 18 年吗？不发霉、不变酸，这 18 年，是如何细心照拂才能有这样的滋味？面对许多菜脯、橄榄，小小的物件，我总是习惯合十敬拜，因为岁月如金，这里面有多少今日市场买不到的东西。

（摘自《读者》2019 年第 20 期）

钱的匮乏始于爱的匮乏

陈海贤

　　知乎上有一个关于"贫穷会导致判断力下降吗？"的帖子，让我受益良多。排名第一的答案，是某位"知友"的自述。

　　这位"知友"小时候家里很穷。少年时代，他的父母又相继过世，家里只剩一个哥哥和一个弟弟。上大学时，他的学费要靠亲戚和刚上班的哥哥接济，生活费则要靠自己做家教、写文章挣取，生活非常困顿。因为贫穷，他放弃了当导演的梦想，早早开始工作，努力挣钱。为了挣更多的钱，他变得短视，不停地在各个互联网公司之间跳来跳去。他说："那时候，只要别人给的薪水比正从事的工作高，不管是高500元还是1000元，我都会毫不迟疑地跳槽。我面对的问题，往往不是耐不耐得住贫穷的问题，而是多100元总比少100元要好得多的问题。"

　　因为频繁跳槽，他失去了好几次真正摆脱贫穷的机会——这些机会只需要他放弃挣扎，安心等待就可以得到。他待过的好几家公司，要么上市，要么被收购，如果继续待着，他很可能因为期权变得身家千万甚至上亿，但他等不了。蹉跎多年以后，他总结说："如果把我走过的这40年比作一场战争，那我就是一支一直粮草不足的军队。做不了正规军，只能做胸无大志、不想明天的流寇。"

从文章的描述看，这位"知友"无疑非常努力上进，在他的圈子里也很厉害。可就是这样的人，在年轻时也没能摆脱贫穷的影响，这真让人感慨。

贫穷导致的匮乏，大部分以"缺爱"始，以"不安"终。因为孩子最初并不会知道喝米汤和喝进口奶粉、在农村和在繁华都市、住集体宿舍和住豪华别墅的区别。他们对世界的观感仅限于当他们渴了、饿了，有没有人来满足他们；当他们需要时，母亲能否提供温暖的怀抱，这是安全感最初的来源。可糟糕的是，贫穷也会影响母亲。处于匮乏中的母亲会更焦虑，对孩子更不上心。她们无法给孩子提供安全的依恋感，反而很容易把她们自身的焦虑传递给孩子。

如果把人的大脑比作一个火警报警器，早期的匮乏会让这个报警器更加敏感。而当下的、将来的或想象中的匮乏又会变成触发警报的信号，让大脑处于一片慌乱之中。当大脑兴师动众地组织救火时，却常常发现自己只是在应付一个冒火的垃圾桶。久而久之，大脑里的这支"消防队"就会极度疲惫，人也很难沉下心来专心做事、谋划未来。

匮乏会俘获我们的注意力。一个常年吃饱饭的人，偶尔饿一顿，可以心安理得地把它当作减肥。而一个常年挨饿的人，会因为挨饿而产生恐惧。这种恐惧会让他把所有的注意力都集中在获取食物上。同样，一个穷人，也会只想着挣钱，不顾其他。

　　行为经济学家穆来纳森和沙菲尔在《稀缺》一书中指出，长期的资源匮乏会导致大脑的注意力被稀缺资源俘获。当注意力被太多的稀缺资源占据后，人会失去理智决策所需要的认知资源。他们把这种认知资源叫作"带宽"。"带宽"的缺乏会导致人们过度关注当前利益而无法考虑长远利益。一个穷人为了满足当前的生活，不得不精打细算，没有任何"带宽"来考虑投资和发展事宜。而一个过度忙碌的人，为了赶截止日期，也不得不被那些最紧急的任务拖累，没有时间去做真正重要的事情。

　　所以，匮乏并不只是一种客观状态，也是一种心理模式。即便有人幸运地暂时摆脱了匮乏的状态，也会被这种匮乏造成的心理模式纠缠很久，这种心理模式很容易让他重新陷入匮乏。

　　我的家乡所在的城市有座小岛，岛上的人很穷，世代以捕鱼为生。二三十年前，上海市要在那边建造一个港口，开始对岛上的居民进行拆迁补偿。于是，这些原本贫穷的渔民每家都拿到了一笔几十万元的拆迁补助，这在当时可算是一笔巨款。按当时的政策，他们可以选择在舟山的其他岛上落户，政府帮他们建房子，他们继续捕鱼；也可以选择在上海落户，当时这笔钱够他们直接在上海买房子。

　　可是前几年，我去当地调研，却惊奇地发现岛上不少人重新回归贫穷。究其原因，是这些原本贫穷的渔民忽然变得有钱以后，并不知道怎么用这笔钱来发展持续的竞争力。他们当时的感觉是：终于不用捕鱼了，有这么多钱，我可以享清福了！于是一些人开始游手好闲，还有一些人开始赌博。20年后，他们发现原先补助的那些钱，要么被花光了，要么已经大幅贬值，他们又回到了起点。

　　对穷的焦虑，除了匮乏，还有一些别的。设想一下，假如以我们现在的物质水平，回到20年前，会怎么样？不提房子了，一提房子，什么理论都失效。如果只是比较绝对的物质水平，我们很多人在那时候都算富人了。别的不说，现在人人都有的智能手机，在那时候，怎么也算奢侈品了。

那为什么我们不觉得自己富呢？因为穷和富说的并不是物质水平的高低——物质水平总会随着社会的发展水涨船高，穷和富说的是社会阶层和社会地位的高低。我们害怕穷的标签，不仅是怕物质的匮乏，更是担心因此被看作社会底层的失败者，被人看不起。

我曾在佛学院教过一段时间心理学。上课的大都是出家人，他们没有钱，但也没有"钱越多越有价值"的想法。因此，物质匮乏很少让他们产生困扰——既然有饭吃，有床睡，还要求什么呢？

我自己也感受过穷的窘迫。在我上初中那年，因为要读好一点的学校，父母带着我从小岛搬到市区。现在想来，那也不过是座更大的岛，但对当时的我来说，那已经是更大的世界了。那时候，看着班里的同学，我经常觉得自己穷。这种感觉直到上了大学才彻底扭转。不是因为我们家忽然变富了，而是因为大学寝室的同学来自全国各地，有陕西、山西、辽宁、山东等，其中还有几个是从农村出来的。我因为来自相对富裕的沿海城市，被大家当作富人了。虽然是"被富裕"的，但我仍然感觉好极了。

（摘自《读者》2021 年第 1 期）

我走过的最长的路

梁晓声

好心的街坊告诉我的母亲，她从收音机里听到，某个农村公社的卫生院有位老中医，对于治疗精神病很有经验，所开的药也很见效。

那个农村人民公社在"江北"，也就是松花江的北岸。当年，"江北"几十里内，除了农村，还是农村。

我的母亲要为我的哥哥去买药。一条收音机里都广播了的消息，使母亲心生巨大的希望，这是多么正常啊！

然而，我坚决反对母亲去。到江北往返都要过江桥——过江桥就得上下旋梯。冬季里，旋梯的铁踏板很滑，我担心母亲出意外。

母亲说："无论怎样也得去一次，妈会小心的。"

我说："那也不必你亲自去，我去好啦！"

我说服母亲同意了我的"主动请缨"。

　　从我家住的地方去往松花江畔，如果乘车的话，也只能乘三站到斜纹街口，三站都是短站，却往往要等上十几分钟。我觉得有等车的时间都可以走两站路了，而且乘车还要花一角钱，所以我就没乘车，索性往斜纹街走。

　　走到斜纹街，还要通过哈尔滨那条著名的中央大街。走到中央大街尽头，就走到了防洪纪念塔前，也就看到松花江大桥了——它在防洪纪念塔左边。

　　我穿得厚，走得急，刚到桥头便出汗了。旋梯果然滑，我十分庆幸踏上旋梯的是我而不是母亲。

　　下了江桥，但见眼前白茫茫一片，雪野直连天边，一时不知该往哪个方向走。空旷的天地之间，风更大了。

　　不远处，一道雪岗后有屋顶显现——屋顶也是白的，不仔细看几乎看不出来。

　　我决定朝那里走，心想：即使走的是相反的方向，也可以敲开哪户人家的门问清路线。当年没有手机导航，去往陌生的地方，全靠多问。

　　当年的江北没有水泥路，更没有柏油路，雪覆盖在沙土路上往往会将路面和两边的田野连成一片。如果路上再没有马车或卡车留下的印迹，那就更容易走偏了，会不知不觉走到田野里去，结果白走了冤枉路。所以我放慢了脚步，走一段停下来分辨一次。

　　经过了四五个村子，还真敲开一户人家的门问了一次。也不知走了多久，终于走到了那人民公社的卫生院。接着是领号、排诊。排诊的人还不少，都是慕名前来替亲人求医的。

　　一位农村大婶问我从哪里来。我回答之后，她又问我怎么来的。我说走来的。她吃惊地说："孩子，那你起码走了十三四里地呀！"我不知再说什么好，只好笑笑。

她叹口气又说，她是为她女儿来抓药的，说罢落了泪。

那时的我还不会劝人，更加不知说什么好，只好起身请她排在我前边。她谢过了我，非但没往我前边站，反而动员别人让我排到前边去。排队的都是农村人，听那位大婶说我是从市区走来的，肯定还因为我是个孩子，都愿意让我往前排。这个也让，那个也让，结果我反而站在了最前边。

我很快就见到了那位出名的老中医。他没听我讲完哥哥的病情就打断了我的话。他说："孩子，一定是别人没说明白，我不是精神病科医生，我是用祖传偏方治癫痫病的，这两种病是完全不同的病啊！"

我呆住了，忽然很想哭。

老中医又说："孩子，别急，既然你大老远冲我的名气来了，那我就不应该让你空着手回去。这样吧，精神病人以精神镇定为好，我给你开几服起这种作用的中草药吧。你回去告诉你妈妈，目前世界上还没有能治愈精神病的药，不必再四处求医浪费钱了，能住院还是住院吧，精神病院是唯一能缓解这种病情的地方！"

他还叫来护士，让护士带我去抓药，并且郑重地指示："别收这孩子的钱！"

我谢过老中医和护士，拎着几包草药走到外边时，一个大男人跟了出来。

我以为他有什么歹念，不免对他有所警惕。他让我别怕，说没有别的意思，只不过想买我身上的光板皮大衣，问二十元肯不肯卖给他。

我听父亲说过，那是他在新疆时花二十元买的，所以我坚持要卖三十元。毕竟，我父亲千里迢迢将它带回了哈尔滨——全东北都很难买到这种用新疆细毛羊的羊皮缝制的大衣。

他说他只有二十元钱。我说二十元我是不会卖的，那就卖亏了，回家会挨训的。

看来他是真喜欢，他让我等他一会儿，他进卫生院去借钱。转眼他就出来了，高兴地说借到钱了。

我坚持先收钱后脱衣服。他依我。我脱下衣服后，他又犹豫了，不无悔意地说："孩子，你还得往回走十几里地呀，只穿一件薄棉袄行吗？"

我说："行，我抗冻！"——我怕他真的反悔，将皮大衣往他怀里一塞，拔腿就跑。我脱去那件大衣，身上轻多了，衣兜里多了三十元钱，心里也特高兴。三十元啊！快够我家一个月的生活费了！回去的路熟了，"任务"出色地完成了，我身轻心悦，反而浑身是劲，走得极快，有时还跑一段。

"呀！呀！发生什么事了？你怎么……"母亲见我头发都湿了，吃惊又不安。

我拿起一只碗，掀开缸盖就要喝凉水，被母亲阻止了。母亲命我立刻脱鞋上炕，坐在热乎的炕头那儿忍会儿渴，她要为我煮一碗加糖的姜汤。

我这时才觉得脚疼——包脚布走散了，双脚磨出了几个疱。

喝下姜汤，我背上大汗淋漓。母亲替我擦汗时，我汇报了买药的经过。我说："不许批评我自作主张把羊皮衣卖了，我认为卖得值！"

母亲说："妈怎么会批评你呢！如果去买药的是妈，那就不知什么时候才能回到家了。"母亲似乎想搂我一下，却又没那么做——因为两个弟弟一个妹妹都以佩服的眼光看着我，仿佛他们的二哥是一个冒险而归的勇士。我想，对弟弟妹妹而言，往返三十里地大约是一件了不起的"壮举"。

连哥哥也从旁说了句明白的话："可别感冒了。"

母亲接着他的话说："你二弟是为你去抓药的，还不谢谢你二弟？"

哥哥却又转身嘟囔起他的疯话了。

母亲向弟弟妹妹们说："你们幸亏还有一个二哥，对不对？"弟弟妹妹们点头。

我觉得母亲问弟弟妹妹们这句话，是对我的最高表扬。我忽然明白了，责任也是生活天然的一部分。既然是天然的，那就只有尽力把它担起来。

哥哥却不愿喝那中草药汤。也许因为太苦了吧，他喝过一次就拒绝再喝了。

一天早上，我闻到一种特殊的烟味儿，走到厨房一看，见母亲往炉子里倒那些中草药。母亲看我一眼，盖上炉盖子，垂着目光说："妈能正确看待你哥哥的病了，以后再不浪费钱买这些没用的偏方了。"

"妈……"

我搂住了母亲的后腰，不由得将脸贴在她背上。其实，我想说的是："妈，我从没怪过你，因为你是妈啊！谁有权责怪一心想要治好儿子病的母亲呢……"

只不过我没那么说。

（摘自《读者》2022 年第 23 期）

捐款背后

江 川

相爱于战火硝烟中

2018 年 9 月 13 日，湖北省武汉市黄陂区 110 指挥中心接到一个报警电话：本市工商银行的黄陂区支行，发生了一件可疑的事，一对身穿迷彩服、年过八旬的老夫妇，要往黑龙江一个陌生账户汇款 300 万元，无论工作人员怎么劝都不听。担心老人上当受骗，他们只好报警，请警察帮忙解决。

民警赶到现场，果然发现一对白发苍苍的老夫妇坐在银行柜台前，要往一个账户里汇入巨款，老人身旁还有两名中年男子陪伴。经询问，两名中年男子分别来自黑龙江省木兰县民政局和教育局。而这对 80 多岁的老人，女的是在武汉生活的木兰籍离休干部马旭，男的是她的丈夫颜学庸。两名中年男子此次前来，是接受老夫妇给家乡捐款的。民警不敢大意，当即给老两口和两名中年男子的单位打电话核实情况。得知是一场误会后，民警才让银行工作人员帮他们办理了转账手续。

马旭和颜学庸都是湖北省军区第七干休所的离休干部，现定居在武汉市黄陂区。一对普通离休干部哪来这么多钱？他们为什么要给千里之外的黑龙江省木兰县捐出这笔巨款？

时年83岁的马旭，1935年出生于黑龙江省木兰县。1947年，刚满12岁的她，参军进入东北军政大学吉林分校，很快成为一名女军医。不久，她和同为军医的颜学庸成为战友。颜学庸和她同岁，四川省江津市人。20世纪四五十年代，两个人一起参加过辽沈战役、上甘岭战役等，多次荣获军功勋章。参加朝鲜战争回国后，马旭被保送到第一军医大学深造，颜学庸则被保送到第七军医大学深造。毕业后，两个人先后被分配到原武汉军区总医院工作。28岁时，马旭奉命负责空降兵某部伞兵跳伞训练的卫勤保障工作。不久，她成为中华人民共和国第一位女空降兵。经历过战火硝烟的考验，第二年深秋，马旭与颜学庸在部队首长的见证下结了婚。

不久，马旭在教一名女空降兵跳伞时，因为对方死死揪住她的双臂不放，导致阻力伞打开得太晚，两个人重重地摔在地上，造成马旭严重受伤。部队军医紧急会诊后认为，马旭如果要继续当空降兵，就不宜怀孕了。为了实现妻子继续当空降兵的愿望，避免日后意外怀孕带来的麻烦，颜学庸主动做了结扎手术。这就意味着，他们放弃生孩子了。马旭觉得很对不起丈夫，颜学庸却说："没关系，以后我们可以领养一个孩子。"可由于工作繁忙，加上两个人都把心思放在了事业上，他们后来一直没有领养孩子。

因为很小就离开了老家，离开了父母，马旭心底一直藏着一股浓浓的思乡之情。她至今仍清楚地记得，离开家乡去当兵时，母亲塞给她一些钱做路费。后来，她弟弟也去部队参了军。马旭没有在父母跟前尽孝，就连母亲去世的时候她也不在身边，这让她一直愧疚不已。如今父母不在了，家乡就是她的母亲，她一直想为家乡做点什么。可自己这么多年再也没有回过家乡，也不知道该如何联系当地的政府部门。有时候跟丈夫讲起这些，一向乐观坚强的马旭，偶尔会有些惆怅和黯然。知道妻子心结的颜学庸，在心里默默告诉自己：一定要帮妻子实现这个愿望！

攒够 1000 万元帮你圆梦

随着年龄增大，马旭和颜学庸逐步从工作一线转到二线——军事医疗和跳伞科研方面。颜学庸不仅是马旭的丈夫，更是她工作上的好搭档。此前，擅长写字、画画的他，经常把两个人对军医学的创想和构思用纸和笔画出来讨论。一次，他们听说苏联部队的一名驻岛战士突发阑尾炎，必须马上手术。此时岛上只有一名医生，没有助手帮忙打开腹部，他如何完成手术？马旭和颜学庸几乎同时想到：能否发明一种自动开腹器，在手术中帮助医生拉开患者腹部？两个人一拍即合，一起设计、修改，然后把图纸送到上海的医疗器械厂生产。最终，自动开腹器在临床获得应用。

在长期的跳伞实践中，马旭发现，由于跳伞时地面情况不明，伞兵最先着陆的身体部位最容易受伤。有时在着陆的一瞬间，强大的冲击力会造成伞兵腰部或脚踝部骨折。

一次，马旭在看战士们踢球时，突然想到：能否设计一种充气设备套在脚踝上，在飞行员跳伞时起到缓冲作用，落地之后再把气放掉，不影响活动？为此，年逾六旬的她，多次跳伞进行试验。

马旭对医学科研事业的认真和执着，让颜学庸从心底佩服。但她毕竟年纪大了，为了保证安全，每当她进行跳伞科研项目实地体验时，颜学庸都会强烈要求跟她一起跳。通过反复试验，他们研制出一种像袜子一样套在脚上的跳伞专用充气踝垫。令他们开心的是，这项发明获得了国家专利，成为中国空降兵获得的第一个专利。该技术专利此后在空降兵部队被广泛使用。不久，马旭和丈夫再接再厉，共同研制出专供部队伞兵使用的"单兵高原供氧背心"，填补了空降兵高原跳伞供氧上的一项空白，并获得国家发明专利。

一次，马旭观察到，由于部队官兵作息时间不规律，不能按时吃饭，不少人患有胃病。如果不及时治疗，久而久之就会转变成胃癌。于是，她和丈夫一起研究，发明了治疗萎缩性胃炎的药剂，并获得专利。近年来，她还开发出一种治疗肿瘤的药剂，获得了实用性专利。

几十年间，马旭在丈夫的协助下，先后在军内外报刊上发表了100多篇学术论文，并撰写了填补当时相关领域空白的多篇论文，在国内外引起广泛关注。他们还多次被邀请参加美国发明年会、澳门国际发明博览会。

为了更新知识、与时俱进，马旭还先后到武汉大学、华中科技大学学习外语和临床医学。2012年，78岁的她报考了在职硕士研究生，被华中科技大学同济医学院基础医学院破格录取。

科研路上捷报频传，马旭和颜学庸也获得了巨额奖金。了解妻子的颜学庸，想法和妻子不谋而合：等攒够1000万元，就把这些钱捐给家乡！

为了把钱花在刀刃上，马旭和丈夫过着简朴的生活。他们放弃了部队安排的新房，依旧住在武汉市黄陂区两间低矮的平房里。屋内条件简陋得让人难以想象：墙皮已经剥落，客厅里的吊灯年久失修，房间里摆的还是几十年前的老旧家具。家里唯一显得现代一点的是两柜子书报和学习资料，以及客厅里一台老式笔记本电脑。

在吃穿上，马旭和颜学庸也不讲究，早餐常常是两个馒头加一杯牛奶，午饭和晚餐也是简单的家常便饭，以素食为主。老两口从不买衣服，穿的衣服都是以前部队发的军装和作训服。就这样，他们精打细算，一点一滴地把离休金和发明创造获得的报酬积攒下来，全部存入银行。2017年，他们终于攒够了 1000 万元！

千万捐款灌溉一世乡愁

时机终于来了！ 2017 年 9 月，黄继光生前所在部队在武汉举行纪念黄继光牺牲 65 周年活动，马旭作为特邀代表参加活动。活动中，她对多年不见、如今在东北工作的部队伞兵教练金长福说，国家正在实施精准扶贫、振兴东北战略，她和老伴也想尽一点绵薄之力，打算将毕生积蓄捐献给家乡木兰县，请他回去后帮忙联系具体捐献事宜。老战友金长福被马旭老两口爱国爱家乡的热情所打动，回去后马上向木兰县领导转述了他们的意愿。木兰县领导当即跟马旭取得了联系。

2018 年 9 月 12 日，在木兰县教育局局长季德三的陪同下，金长福再次来到武汉，与马旭签订了向木兰县捐款 1000 万元的协议。次日上午，他们到银行办理第一笔 300 万元转账手续时，发生了文章开头的一幕。5 个月后，马旭和颜学庸将到期的 500 万元理财产品和 200 万元活期存款转到木兰县政府的银行账号上，兑现了捐款 1000 万元的承诺。

2019 年 2 月 18 日晚，中央电视台综合频道播出"感动中国 2018 年度人物"颁奖盛典，85 岁的马旭当选"十大感动中国人物"。主持人敬一丹宣读《感动中国》组委会给予马旭的颁奖词："少小离家，乡音无改，曾经勇冠巾帼，如今再让世人惊叹。以点滴积蓄汇成大河，灌溉一世的乡愁。你毕生节俭只为一次奢侈，耐得清贫，守得心灵的高贵。"颁奖现场，记者问马旭为什么要把千万积蓄捐给家乡，她回答道："我们不能说老了等着国家养活我们，要老有所为，老了也要做贡献。一个人能力有大小，我要是能力大点，就多贡献一点。如果我能力就这么大，就少贡献一点，总之要想着国家，想着人民。"

颁奖现场，马旭和老伴身上穿的旧迷彩服，被主持人白岩松赞为"最好看的情侣装"。白岩松问马旭希望捐给家乡的 1000 万元用来做什么，她说："我希望将这笔钱捐给我家乡的穷孩子们，希望他们得到良好的教育。有了知识就有了财富，有了财富便能获得更多知识，这是个良性循环。"

木兰县有关领导表示，马旭老两口这 1000 万元捐款是木兰县有史以来接受个人捐款数额最大的一笔，他们决定将这笔善款用于修建一个集教育、文化、科普为一体的青少年活动中心及爱国主义教育基地，取名"马旭文博艺术中心"，旨在传承与弘扬马旭等老一辈军人顽强、拼搏、乐观向上、无私奉献的精神。在资金的使用过程中，他们将严格监管，把每一分钱都用在刀刃上，绝不辜负老人的期望。

一次"奢侈"灌溉一世乡愁。看到捐款计划被圆满落实，马旭和老伴这才放心。"要是把一辈子积累的钱都吃了、花了，多可惜啊。捐给国家建设最需要的地方，才有意义。"老两口表示，办了这件大事后，他们感到心情无比舒畅。

如今，天气晴好的清早，在武汉市黄陂区木兰山脚下的一个陈旧小院里，人们总能看到身穿迷彩服的马旭和颜学庸在跑步。吃完早餐后，他们会去附近的老年大学上课。午睡起床后，两个人一起读书看报。下午 3 点以后，两个人在院子里练练军体拳，晚饭后散散步。偶尔，老两口还浪漫一下，打开音乐，一起跳拉丁舞。周末老年大学休课，他们就打理院子里种的蔬菜瓜果，浇水施肥。多年来，他们一直生活在这个远离闹市的世外桃源里，过着神仙眷侣般的晚年生活。

（摘自《读者》2019 年第 20 期）

顺逆之美

郭华悦

　　一幅画，若是画中有风，就得讲究顺逆之美。

　　垂柳依依，随风摆动。这风，得是顺风。柳枝柔弱，随风轻摆，将柔和之美展现得淋漓尽致。骏马奔驰，这风却得是逆风。马逆风而上，不屈的风骨跃然纸上，这是逆风之美。

　　一个人，生命中会有起风的时候。行走于人生路上，时而风大，时而风小。或微风拂面，如春阳般温暖；或劲风呼啸而过，如冰刀般凌厉。人周转于此，顺与逆的选择至关重要。

　　风大时，适合展现逆风之美。一幅画，画中若有劲风，往往是为了突出逆风的风骨。明知风大，却逆风而上，画是如此，人亦是。人生遭遇疾风劲雨，顺风而退，容易从此消沉颓废，一蹶不振。人生的风越大，人越得有逆风的风骨。不惧艰难，顶风而上，才能将眼前的困境一一化解，柳暗花明又一村。

风小时，适合展现顺风的柔和。一个人处于顺境时，前路风小且无雨，此时该表现的是人生的悠然与惬意。顺风而行，随风而动，风轻拂，人微笑，这就是风小的美。

人生的烦恼，很多便缘于顺逆之间的错误选择。在风大时选择了顺风，懦弱退缩；在风小时选择了逆风，将自己置于徒劳无功的奋争中。于是，该抗争时退让，该悠然时忙碌，自然与快乐无缘。

人生得意，大多也缘于在两者之间切换自如。风大时，不畏缩，以疾风劲雨练就风骨；风小时，不穷忙，知道适时享受人生。于是，扭转逆境，享受顺境，这样的人生自然其乐无穷。

顺与逆，柔与刚，懂得适时切换，人生才能圆满自如。

（摘自《读者》2022 年第 3 期）

科学为梦，一心为公

我是青龟

一

1967 年 5 月 5 日，河南郑州一个知识分子家庭里，一个孩子出生了。在那个无比推崇奉献的年代，父亲施怀琳想为孩子取一个好名字。他绞尽脑汁想了很久："就叫'一公'吧。"这个"一心为公"的期望，就这样沉甸甸地落到这个孩子身上。

1969 年，施家搬到了驻马店。1977 年，国家恢复高考，施一公的哥哥姐姐围成一圈，蹲在家门口的地上，听父亲讲解数理化问题。父亲随手捡了一块石头，在地上写写画画。施一公在旁边看呆了，氧气和氢气是怎么变成水的，一元二次方程是怎么解出来的，种种奇妙的问题在他脑袋里炸成了朵朵烟花："科学太酷了！"从此，他对数理化产生了浓厚的兴趣。

1979 年，小升初考试，施一公考了全镇第一名。班主任拉着他的手，嘱咐道："你长大了一定得给咱驻马店争光啊。"这句话深深地印在施一公心里。

高中时，施一公转入河南省实验中学。转校后，他想申请入团，但老师对他说："虽然你学习好，但发展不够全面。"恰好那时学校要举办运动会，班上没人愿意参加长跑。为了好好表现，施一公毫不犹豫地报了名。

"结果我跑了倒数第一。"

施一公心里很不是滋味，好强的他此后就天天练长跑，"希望有一天能够一雪前耻"。第二年，学校又举办运动会，"这一次，我拿到了第一"。从此施一公就有了"跑霸"的头衔。

1985 年夏天，施一公以全国数学联赛河南赛区第一名的成绩，被保送进清华大学生物系。清华大学学霸扎堆，但施一公依然"年年拿第一"。

进入清华之后，施一公还想继续练长跑，但学校长跑队只招专业运动员，"迫不得已，我改练了竞走"。改练竞走后，施一公又创造了校纪录，直到他毕业 5 年后，这个纪录才被人打破。

施一公为什么如此痴迷练长跑和竞走呢？"因为体育项目特别能锻炼人的意志。"

可就在施一公人生极尽畅意之际，一场灾难悄然而至。

1987 年 9 月 21 日，传达室大爷突然闯进教室："谁叫施一公？"施一公站起身："我就是。"大爷急着说道："快出来拿电报。"

电报上写着短短 7 个字："父病危，速归速归！"

施一公万万没想到，家中等待他的，是整齐的花圈和挽联。父亲是被出租车撞倒的，当司机把父亲送进医院时，人虽然昏迷，但血压和心跳是正常的，可是医生冷冰冰地说了一句："先交押金，后救人。"4个半小时后，当司机借钱赶到医院时，施一公父亲已经没有了心跳。

这件事深深打击了施一公。一年多的时间，半夜三四点的圆明园里，经常出现他奔跑的身影，一圈、两圈、三圈……有时跑着跑着，他便跪在地上号啕大哭。

施一公脑子里充满了种种疑问："医生的天职不是救死扶伤吗？为什么见死不救？不救救我的父亲？"

恰好这时，一个去美国约翰·霍普金斯大学读博的机会来到他面前，于是施一公收起行李，离开了中国。

二

初到美国的施一公，很快遇到了困境——他的英语不好。读一篇论义就要花五六个小时，很多关键地方更是摸不清脉络。他咬着牙，在日记里给自己打气："有什么了不起，我是清华的！"尽管学习令他感到疲累，但每天做完实验后，施一公都会花一小时阅读《华盛顿邮报》，锻炼英语读写能力。

1992年的一天，施一公打开《华盛顿邮报》，只见上面赫然写道："中国运动员服用违禁药物。"

施一公接着往下读，越读越生气，原来，中国游泳队在奥运会获得了四金五银，美国媒体在没有任何证据的情况下，就报道说中国运动员服用了兴奋剂。施一公愤怒难抑，立马给报社写信，批评媒体报道的不公平。

没想到过了两日，这封信就刊登在了《巴尔的摩太阳报》上。施一公非常高兴，为自己英文水平的提高，更为自己维护了祖国的荣誉而自豪。

然而，不公平之事何止于此。

有一次，他在伦敦机场入境，跟着队伍慢慢往前走，前面的人拿着签证，在移民官眼前一晃便通过了。轮到施一公时，他也晃了一下护照就往前走，没想到却被拦下了，接着是盘问、翻包……排在施一公后面的人都绕过他，很轻易地通过了。

施一公心里非常憋屈："为什么不尊重我？就因为我拿着中华人民共和国护照吗？"经历这样不公的事情越多，施一公就越为中国感到不平，也越来越思念祖国，并想尽快报效祖国，于是他更加拼命地学习。

三

读完博士后，几家美国大公司都争着要施一公，一家保险公司还承诺给他中国首席代表的位置。

"你能拿到 6 位数的年收入。"即便是现在，这份收入也绝对算高薪，更何况当时是 20 世纪 90 年代。

当时，出国留学的人都"流行"进入美国大公司，但施一公显然"过时"了。他竟然放弃了大公司，选择了一个科研机构——斯隆－凯特琳癌症研究中心，研究肿瘤发生与细胞凋亡，以及膜蛋白的结构与功能。

不到两年，施一公就在《细胞》《自然》等顶尖科学期刊上发表了 3 篇论文，论文的水准非常高。很快，普林斯顿大学就找到施一公："希望你能加入普林斯顿，我们将为你提供专门的实验室。"

施一公进入普林斯顿 5 年，就成为该校分子生物学系历史上最年轻的终身教授。

2003 年，施一公还有了两大发现："人体细胞凋亡过程失灵导致癌症""人体内生长因子讯号传导失常造成癌细胞迅速分裂等人体细胞运作失常是致癌原因。"

他获得了"鄂文西格青年研究家奖"，成为该奖设立以来首位获奖的华裔学者。

2005 年，施一公当选华人生物学家协会会长。

普林斯顿大学为他提供了整整一层楼的实验室，为他申请了系里最高的科研基金，协助他申请了 10 次美国国家基金，资助他购买了 500 平方米的独栋别墅和 4000 多平方米的花园。

施一公在这样的"宠爱"下，结了婚，有了一双儿女。但是不知道为什么，施一公总觉得心里少了一点什么。他在偌大的花园里散步时，总是莫名其妙地想起家乡、想起祖国。

2006 年 5 月，施一公回国参加中国生物物理学年会，下了飞机，看到祖国惊人的变化，他一边感叹，一边又惋惜自己是这一切的旁观者。

这时，清华大学党委书记陈希找到他，字字句句，十分恳切："清华急需人才，希望你能回国。"施一公闻言心里一动。

回到美国，施一公对妻子说："我是接受，还是放弃呢？"

妻子听完就笑了："你既然这么问，就说明不想放弃。你的名字也说明了一切，一心为公。一公，我支持你的决定。"

施一公立马致电陈希书记："愿意回清华工作。"

消息一出，美国一片哗然。"施一公肯定是疯了。"美国有这么好的生活条件和科研环境，他竟然选择回中国重新开始。

施一公说："清华强则国强，我要用我一个人的力量，改变三分之一的清华学生，若真能做到，那一年又一年，一代又一代，就会是一股非常强大的力量，会是一场革命，会让中国变得更加美好。"

四

不久后，施一公就回了国，担任清华大学生命科学学院院长，主攻"细胞凋亡及膜蛋白结构"研究，简单说就是研究癌症、遗传病是如何形成的。尽管研究条件不如美国，但施一公带领团队克服困难，取得了一系列重大突破。

在 2008 年之前的 25 年间，清华在生命科学领域只发表过两篇世界级论文。但在施一公的带领下，短短 10 年内，清华生命科学学人就在《细胞》《自然》《科学》等顶级期刊上发表近 60 篇论文，在多个领域取得世界级突破。比如揭示了阿尔茨海默病致病蛋白，分泌酶复合物精细三维结构，为研究阿尔茨海默病的发病机理提供了重要线索。比如首次捕获了真核细胞剪接体三维结构，解开了困扰国际生命科学界 20 多年的分子生物学谜团，标志着人类对生命过程和本质的理解向前迈进了关键一步。这是一个"诺奖"级别的重大发现。

正因为多次取得世界级突破，施一公获得了一系列大奖：2015 年《自然》杰出导师奖、赛克勒国际生物物理学奖、香港求是科技基金会杰出科学家奖、瑞典皇家科学院爱明诺夫奖……

清华大学生命科学学院的多个学科，也在施一公的带领下，达到了世界领先水平。

2015 年 9 月，施一公被任命为清华大学副校长。在担任副校长一职后，施一公慢慢发现了一个问题："清华大学 70%~80% 的高考状元，都去了经管学院，连我最好的学生也告诉我，很想去金融公司。这说明什么？说明大学的导向出了问题。"很多非常优秀的科研人才，最后竟然都选择"挣钱"去了，施一公觉得实在是太可惜了。在一次欧美同学会上，"大牛"们议论起中国教育界的问题，大家越讨论越激动。这时，中科院院士韩启德说："你们都是在中国出生、中国长大，知道中国教育的优势和短板，同时在海外至少生活了十几年，在著名大学做过教授，知道国外教育的优势和缺点，为什么不能取其所长，发挥我们所长，在中国创办一所小型大学？"

施一公听到这句话，非常激动。"我心脏都快跳出来了。"一个想法在施一公脑海中诞生了。这个想法就是创办西湖大学。

"我想联合顶尖科学家，创办一所高起点、小而精的研究型大学，致力于高等教育和学术研究，培养复合型拔尖创新人才，推动祖国的进步、人类的进步。"

说干就干，施一公立马投入筹备中。听说施一公要去创办一所大学，业内很多人都觉得不可思议。"这意味着他的精力要转向了。""他没有多少精力从事科研了。""太可惜了，他本来极有可能拿'诺奖'的。"

是啊，如果继续全力搞科研，施一公有很大可能会获得"诺奖"。对一个科学家来说，获得"诺奖"是多么大的荣誉啊，施一公竟然放弃了。

当大家都在为"名""利"而战时，他竟然说了一句："十个诺贝尔奖，也换不来一个西湖大学。"

五

西湖大学是一所民办大学。为什么要民办？"探索高等教育的新路，使研究不为制造论文所累。"

既然是民办，就需要钱——成立西湖教育基金会。

施一公从来没有因为钱的问题向别人开过口。但为了创办西湖大学，他真的是豁出去了，四处求资助，经常搞得自己面红耳赤。

在"化缘"的过程中，施一公遭遇了很多难堪，但也打动了很多人。

有一次，他跟一个叫邓营的小企业家谈西湖大学。邓营的企业规模很小，一年营业额就一亿多元。可邓营听完施一公的想法后非常激动，要捐一千万给西湖大学，但邓营夫人却插嘴说了一句话："哥，我也要做创始捐赠人。"

施一公愣了，成为创始捐赠人，至少要捐一个亿。

邓夫人回家后对孩子说："妈对不起你，把留给你的一亿元，捐给西湖大学支持教育了。"

就这样一次一次、一点一点，基金会终于筹到了43亿元。

如果你看过《最强大脑》，就会发现，在2018年、2019年的《最强大脑》上，竟然出现了施一公的身影。

很多人为此嘲讽施一公"不务正业"。"老师不好好当，跑来上综艺。"这些嘲讽施一公的人哪里知道，施一公上《最强大脑》其实是有目的的，这个目的就是推广西湖大学。

在《最强大脑》做评委期间，只要看到优秀学生，施一公就说："几年后来西湖大学读博士吧！"

2018年10月20日，中国第一所民办研究型大学——西湖大学，在杭州正式揭牌成立。

记者问："您最想做的事情是什么？"施一公这样回答："我已经过了知天命的年纪，前40年做了一件事，成家立业。又用了10年做第二件事，就是帮助我的母校清华大学，迅速发展了生命科学学科。但似乎这两件事情，都是为了第三件事——创立西湖大学。西湖大学是我这辈子最大的事。"施一公曾经收到一幅字——立德立言，无问西东。

"当遇到困难的时候，当'小我'与'大我'冲突的时候，我希望更多的人能够选择立德立言，无问西东。执着前行，做一个勇敢的探路者！"

施一公真的做到了：科学为梦，一心为公。

（摘自《读者》2019 年第 23 期）

没钱的欢喜

于 丹

我十二三岁的时候，父亲去合肥工作。放暑假，我和母亲去看望父亲。

我们住的宿舍外面有一个四四方方的水泥阳台，上面没有任何装饰，中间放着一张小方桌，四周摆着几把大藤椅。

我父亲和他的朋友穿着老头衫，摇着大蒲扇，靠在藤椅里，看起来寻常极了，但他们毕竟是文人，自有属于他们的雅致。

他们几个人经常拿一幅白扇面，第一个人吟一首诗，第二个人提笔把诗题在扇面上，第三个人在扇子的背面挥毫作画，而另外一个人则在一边静静地刻章。等到书画作好，再盖上闲章。他们还经常"反串"，往往是最擅长作诗的去作画，最擅长作画的人去治印，治印最好的人去吟诗。就这样，他们合作完成了一把又一把扇子。等到他们各奔东西时，每个人手里都拿着几个人合作的扇子。

至今，我还记得林叔叔用上海口音教我吟诵："花近高楼伤客心，万方多难此登临。"

直到现在，我都特别怀念那个阳台。那个地方的情趣、中国文人的气息，一直都让我怀念。如今，那些叔叔和我的父亲均已作古。

上海的张叔叔有三个儿子，没有女儿，所以特别喜欢我。张叔叔的字写得很漂亮，他写了一首五律诗送给我父亲，结尾两句是："羡君真敌国，家富一千金。"

如今，一晃三十多年过去了。一路走来，我其实是在很多人的关爱、嘱托、提携、濡染下长大的。

从这个意义上来讲，我很富有，从小就有很多特别奢侈的爱陪伴着长大。

我有过没钱的时候，但没有觉得穷过。所以，没钱不可怕，可怕的是精神上的贫穷。只要心怀对生活的热爱和对梦想的追求，日子依然可以饶有兴致。

父亲和我都非常喜欢《浮生六记》。

《浮生六记》中的沈三白和陈芸夫妇，最初锦衣玉食，后来因为家道中落，流离失所，日子过得非常窘迫。

过好日子的时候，他们有赌书泼茶的乐趣，也有游山玩水的好时光；过穷日子的时候，他们依然有那份闲情逸致。

没有了雕梁画栋，芸娘就自己编席子，在席子上画出雕梁画栋。

为了养家，芸娘这个纤弱女子还要干一些粗活。在太阳底下干活时，芸娘就做了四扇活动屏风，以遮挡太阳。

潦倒的时候，沈三白和芸娘只能喝极其劣质的茶叶，很难入口。芸娘每天把劣质茶叶用纱布包好，在太阳落山之后，找到将开未开的莲花，把纱布包放进去，用线把花瓣扎紧。第二天早晨日出之前，芸娘解开线，把纱布包拿出来。太阳落山之后，再把纱布包放进去。如此往复三天。在月光的浸染下，在露水的滋润下，茶叶的口味变得清新，带着莲花淡淡的甜香。

这件事情需要成本吗？需要的只是用心而已。对生活和家人的爱，让芸娘能够在恶劣的条件下创造出典雅的美。

这种态度、这份精致，是一种没钱的欢喜。当一个人把所有的情趣都带在身上的时候，贫困也不能剥夺他的快乐。

（摘自《读者》2019 年第 17 期）

生活停止的地方

刘震云

前些年，有人评价我是一位"新写实主义作家"，说我的作品和窗外的生活结合得比较紧密。爱举的例子是《一地鸡毛》。

当《一地鸡毛》出英文版的时候，我去参加纽约书展。一位纽约大学的教授说："你的作品不是新写实。你小说里的情节和细节，与现实生活非常相似，但是最震撼我的不是这种'相似'，而是主人公小林的'不现实'。"

这位教授认为，小林的哲学观、世界观和方法论都非常不现实。不现实在哪里呢？小林认为他们家的豆腐与世界大事的关系，跟所有人认为的一块豆腐与世界大事的关系不一样。

小林清早买的豆腐，忘了放进冰箱，大夏天，晚上回来的时候，豆腐已经馊了。他的太太看到馊了的豆腐，问："谁买的豆腐？"

小林说："我买的。"

太太说："你闻闻这豆腐。"

小林说："馊了。"

太太问："为什么馊了？"

小林说："没有往冰箱里放，忘了。"

太太说："你要是没买豆腐，没什么，你买了豆腐又让它馊了，馊了是因为你大意，你到底安的什么心？"

小林说："咱别说豆腐的事儿，豆腐才值几个钱？你说到冰箱，冰箱上原来搁了一个暖水瓶，你上次把那暖水瓶打碎了，谁又说你了？"

太太说："你要是放好了，我能弄碎呀？"

这两个人就开始越说越多。小林的太太开始数落小林的妈妈不是东西，爸爸不是东西，妹妹也不是东西……这个时候，电视里正在播八国首脑会议，小林觉得他们家豆腐馊了，是比八国首脑会议更为重要的事。

我对这位教授说："先生，你懂文学啊，这就是文学跟生活的区别。"大家都说文学是生活的反映，其实这句话是错的，如果文学是生活的反映，那就不需要文学了。恰恰是在生活停止的地方，文学出现了。好的文学，细节和情节也许是跟生活相似的，但是主人公的世界观和方法论一定是跟现实生活中的不一样的。这代表着作者的哲学高度和思想高度。

一开始，小林大学刚毕业的时候，也曾心怀理想。从心怀理想，到痛苦挣扎，到最后对生活妥协这样一个过程，就是"一地鸡毛"。

小林对生活彻底妥协之后，唯一的爱好就是足球。这年夏天，世界杯进行得如火如荼。在小林所处的年代，最大的足球明星是马拉多纳。决赛那天，小林特别想看，但是地球给他带来一个非常大的麻烦——因为地球在不停地转动，这就导致墨西哥与中国之间存在 14 个小时的时差。

他想看的直播在墨西哥是白天，但在中国是半夜。而他住的房子又比较小，只有一个房间。如果他夜里看球赛，必然会影响太太和孩子休息。

这天，小林的太太下班回来了，一看家里打扫得特别干净，饭也做好了，就问小林："一定有事儿吧？"

小林说："有。世界杯要决赛了，因为地球转动的关系，在中国播出时是半夜，我想起来看一下马拉多纳。你和孩子睡你们的，我可以把电视声音开得特别小，甚至不开声音都可以。"

小林的太太说："想看马拉多纳，是吧？"

小林说："是。"

太太说："没问题，但你必须答应我一件事儿。"

小林说："别说一件事儿，十件事儿都可以。"

太太说："就一件。你能不能让马拉多纳明天上午给咱们家拉煤球？"

听了这话，小林不看了。

半夜里，太太看他翻来覆去，一直睡不着，着急了，说："要不，你起来看一看马拉多纳吧？"

小林说："从此我不会再看马拉多纳了。"

这就是"一地鸡毛"。

（摘自《读者》2021 年第 24 期）

善 意

黎 戈

　　最近看一本兽医日记，这个医生并不富裕，却收养了很多残疾动物。其中有一只是出了车祸，失去听觉、嗅觉、视觉的小狐狸，兽医夫妻拼尽全力，使出浑身解数想救护它：他们开车载它去旷野，找狐狸喜欢的向阳草丛，给它喂食牛奶和碎肉片，小狐狸一次又一次地把食物吐出来，拒绝进食。妻子难过地落了泪："这样它会死的啊！"

　　然后，他们灵机一动，找了一只大狐狸来。这只大狐狸当然也是一只残疾动物，它在年幼时曾经被母狐伤害，落下了心理疾病，数次自残，咬断了自己的后肢和尾巴，做过截肢手术，只能靠前肢爬行。兽医把它收养在身边，天天和它说话，终于使它不再自残。可能因为物伤其类，大狐狸对小狐狸表现出怜惜，它陪伴它，做它的养母，可是这些都不能让小狐狸释然，大狐狸急得饭都吃不下。在小狐狸短暂的狐生里，唯一一晃而过的快乐，是被兽医妻子抱在怀里，它恍惚以为回到了妈妈身边，放松地睡去了。这样残破不堪，直奔痛苦和死亡而去的生命，它的意义在哪里？

书里让我感动的是人类和那只拼命想让小狐狸开心的大狐狸养母的爱，一个生命拼尽全部心力，只是为了让另外一个毫无血缘关系的生命得到须臾的欢乐，这善意，就是生命的价值和尊严。

兽医夫妻与受伤的小动物没有利益关系，并且麻烦不断：这些动物到处大小便、啃咬物件，把家里搞得一团糟。照料这些残疾动物，他们并不会获得一分钱医药费，甚至听不到一句"谢谢"。倒是有一次，一头伤愈的鹿，抬腿狠狠踢了兽医一脚，然后扬长而去。他们夫妻做这些护生善事，是因为内心已与外物相连，为它们的苦而苦、乐而乐。

在我和孩子去过的动物园里，除了健硕的壮年猛兽，还有三条腿的豹子、眼花缺齿的老熊、断喙的鸟。饲养员们把食物切碎，努力去迁就它们的牙口，给它们装义齿（喙），这是动物园最美的风景之一。那是对"生"至高的尊重，即使是不完美的生命，也有乐活的权利。看着那只三条腿的豹子自信满满地跃上高岗，我觉得这是善意汇聚后的光芒四射。

有种利己思路，是觉得我把什么都给自己，不对他者付出，就会攒出幸福。其实，爱的增值，是在给付和流通的过程中实现的，就像钱必须得花出去，不然就是一堆无用的数字。撇开道德，即使从功利角度来说，大多数自私自恋的人都活得郁郁寡欢、怨气重重，倒是喜欢付出的无私之人往往快乐积极——人如果是座孤岛，就算是身处金子打造的皇宫，也是冰冷孤绝的。而你与他者相连后，就像内河与公海相连，才会拥有更多的可能。一个融于天地的人，会获得宇宙力量的支持。在他们那无畏坦然的笑容之后，闪着天地神灵之光。

（摘自《读者》2022 年第 24 期）

末班车上

明前茶

那年，我整整坐了150天3路车的末班车，从丈夫入住医院直到他去世。

那是一段两头牵挂的日子，一头在医院，不放心化疗后每天高烧不退的病人；另一头在家中，不放心高二走读的女儿。而我，每天提着保温饭盒走在这条路上，神思恍惚地闻着秋天的最后一批桂花谢去，又闻见蜡梅开了……春天的第一批玉兰花开了，丈夫的生日也快到了。这天深夜，精疲力竭的我提着一个巨大的蛋糕盒上了末班车，我是唯一的乘客。等红灯时，光头司机突然开口："蛋糕，是病人的朋友买的吧？病人有胃口吃吗？"

我木然作答："12寸的三层蛋糕，朋友送的。大家都明白，病人估计等不到下一个生日了，买最大号的蛋糕来，希望病人能高兴一点。"

司机说："朋友是好意。可是，越大的蛋糕，越衬托出病人胃口的虚弱。要是家人，就会买茶杯口大小的，只插一支小蜡烛，就好像祈祷病人像周岁的娃儿一样，从此硬朗起来。"

与陌生人的交流，让我暂时移开了心头的巨石，我说起了庆生的细节："吹蜡烛的时候，老公说，蛋糕上头的数字如果不是 45 而是 54，就好了。他巴望着能活到 50 出头，看着孩子大学毕业，成家立业。这话其实闷得我难受，我不知如何应答，有点绝望，就赌气一样地说，孩子无论如何会成才的，你安心养病，操这么远的心干吗？"

司机启动车辆，驶过长长的下坡路，拐弯，再上坡，停在一个 90 多秒的红灯前，看得出，他在思量怎样宽慰一个随时可能崩溃的病人家属。他这么跟我讲："下次，还是尽量贴近他的心境答话吧，这样不留遗憾。我明白你心里苦，可病人更苦啊。我不是在批评哦，要是遇见你的事，我处理得可能不如你。开这条线，那么多人拎着装 CT 片的大口袋，戴着化疗后的假发；夏天，看得到乘客胳膊上的留置针导管。所以，每隔半年，车队领导会调我们去开 3 个月的 43 路，那条线经过市妇幼保健院和省妇幼保健院，接的都是要生孩子的大肚子、刚出生的小宝宝，一家人欢天喜地。等你家里的事过去了，去坐坐那条线吧，看见希望，就不会那么悲伤了。"

没想到，这辈子会在末班公交车上体验人生至关重要的一课。车窗半开着，夹杂着飞花、柳絮的气息扑面而来，它告诉我，凛冽的冬日终将过去。

（摘自《读者》2021 年第 10 期）

秀发上的红绸带

邹鹏辉

秋天渐渐远去的时候，我收到了一封来自巴丹吉林大漠深处的信。信里装着一截大漠里生长的骆驼刺，信的署名是：云。我的眼睛顿时模糊起来，以后无数个日日夜夜，云的影子时常出现在我的眼前。

云是我穿上军装后在大西北认识的一个女孩，我们的相识纯属巧合。一次，我在部队执行重要的押送任务时，装载军事物资的火车突然在一个火车站停了下来。当时，火车在货站还没有停稳，就见三个彪形大汉冲进车厢抢军用物资。我和三个歹徒展开殊死搏斗，后来身负重伤，住进原兰州军区总医院。我的病友是位六十多岁的老人，云便是他的女儿。

当时，我躺在医院的病床上昏迷不醒，脸上被歹徒用敲碎的半截酒瓶划开了一道深深的伤痕，右耳被割开三分之二之多，生命危在旦夕。在我昏迷的日子里，每天都要输血或插氧气管，头上伤口的疼痛无法用语言形容。当我从昏迷中醒来的时候，发现云已把我带血迹的衣服洗得干干净净。她告诉我，她是一名护士。当时我并没在意，只是觉得她很特别。

当我的疼痛缓解时，她又拿来报纸，还跑到书店买书给我读。令我记忆犹新的是她送我的《读者》杂志。这本杂志伴随我度过住院的日日夜夜。每当我头痛的时候，我就会细读这本杂志，尤其是每期杂志的"卷首语"，总会让我感受到一种神奇的力量，仿佛一束明亮的光照着我，那一刻，疼痛竟会慢慢消失。现在回想起来，我真心地感谢云带给我的这段刻骨铭心的阅读经历。

后来我才知道，她其实不是医院的护士。云告诉我，她的父亲曾是一名军人，在大西北某基地一干就是四十多年。她说她热爱军人，不仅仅因为父亲是一名军人，还因为她知道军人付出了很多……在医院住院的日子里，她那秀发上的红绸带，时时伴我左右，发出柔和、温暖的红光，渗入我灵魂的暗房。

半年后，我奇迹般地恢复了。记得那天要出院时，云邀请我照张相做个留念，我欣然答应。

拍照回来的路上，细雨绵绵。我们默默地走着，不知不觉到了医院门口。她转过头望着我，并从自己包里取出一套医疗用品，也是用一根红绸带系好，当作礼物送给我。我看见她红红的眼睛满是泪水，她只对我说了一句："你照顾好自己，以后我也去当兵。"说完，那秀发上的红绸带和她一起消失在蒙蒙细雨中……

又过了半年，她真的走进军营，而且是在她父亲曾经当兵的大漠里服役。不过，她来信告诉我，她长长的秀发已被剪成短发，秀发上的红绸带也不再系了。

我想她一定英姿飒爽，她的那份真诚和美好会如红绸带一样永远鲜艳……

（摘自《读者》2022 年第 1 期）

人群中，我们靠弱点认出彼此

黄　菲

　　我的一个小同事，有一次听完我和其他人聊考驾照的经历后，用他一贯诚恳的语气对我说："自从认识你，我对人生变得更有信心了。"满座哄堂大笑。小同事有点着急地解释道："我的意思是，你虽然不会做饭，路盲，数学不好，但也活到这么大了，我和你很像……"于是大家笑得更开心了。

　　我一时拿不准自己的心情——是该欣慰、生气、羞愧，还是该得意？总之，我举棋不定，怀着复杂的心情回应他："是呀，不但活下来了，还活得白白胖胖的。"

　　后来我厘清了自己的心情——我不羞愧，也不生气，我啊，其实还有一点点得意，一点点欣慰。没错，我不务实，不能干，我浑身都是弱点，但是，我也活到了现在，不但活得不错，而且看样子还能继续好好地活下去。原来，我们不必对生活戒心太重，如临大敌，不必要求自己壁垒森严，滴水不漏；原来，活着并没有想象中那样艰难，即使带着软肋，我们也可以在自己的小宇宙里全须全尾、自由自在地活下来。而且，满世界都是我们的同类，也许在天涯，也许在咫尺，各有各的笨拙，各有各的弱小，却都好好地活着。我们只要看到彼此安好，就觉得温暖、欣慰，有力量。

我有一个每天都必定会在其中聊天的微信群，群里的9个人是因为喜欢同样的作家而聚到一起的，有公务员、大学教授、保险公司高管……总之，大家看上去都挺"精英"的。我依恋这个群，除了大家三观相合、审美相近，还有个极重要的原因：我们有着非常相似的弱点。

有人说自己数学很差时，立刻有好几位扑上来，恨不得抱头痛哭："我也是！我也是！"大家痛陈被数学伤害的岁月，唏嘘着"我们这些数学学渣竟然也有今天"。有人说自己体育很差时，也立刻有几位扑上来响应："我也是！我也是！"大家诉说着当年跑800米时的惨状、立定跳远时的无助，尤其当我生平第一次勇敢地说出自己无法上双杠的不堪往事时，有一位泪汪汪地喊道："亲姐妹！"她一直以为世界上只有她一个人是这样的。

高潮出现在我说自己五音不全时。万万没想到，9个人的群里有7个人说自己五音不全。我说我一首完整的歌也唱不全，立刻有人说"我也是！我也是"；我说我最讨厌的活动就是去KTV唱歌，立刻有人说"我也是！我也是"……最后，从来不在人前唱歌的我，在群里唱了起来。我那些五音不全的伙伴，也纷纷献上了他们的歌声。我们度过了一个温暖而欢乐的治愈的夜晚。

人群中，我们其实是靠弱点认出彼此的。弱点，才是我们隐藏最深却又最真实的气息。遇到羞怯的人，我会忍不住格外温柔；遇到笨拙的人，我一定会多加包容；遇到脸皮薄的人，我会更多体恤；那些"路盲症患者""脸盲症患者"，无不让我倍感亲近……活着当然不容易，但也不是那么艰难。人生海海，我们并不孤独，好好活着，就是彼此温暖，就是互相守望。

（摘自《读者》2021 年第 11 期）

信任超越任何语言

吴淡如

每个创业故事背后，都有一段"取信于人"的老情节。

卢伟光，温州人。10多年前才开始从事木材生意的他，已经成为中国的"木材大王"。

他的创业过程完全是乱枪打鸟。为了寻找地板货源，他到当时掌握巴西货源的台商的木材工厂里参观，偷偷抄下了一个电话号码，自己打电话到巴西订货。他只会讲英文，根本听不懂葡萄牙语，对方又与他毫无渊源，怎么可能把木材卖给他？

几经沟通协调，巴西的木材商人对他说："如果我把货弄来了，你却不要，那我不是损失很大吗？"于是要求他先付30万美元。

这是一个赌注，如果他付了钱，赌的就是巴西商人有没有信用了。他还是决定付钱。果然，不久之后，这一批木材运到上海后，成为他敲开当地地板市场的敲门砖。虽然利润不高，但由于货源稳定，生意做得还算顺利。

8年前，全球汇率大波动，中国商人和巴西木材商的关系有了很大的变化。卢伟光也面临艰难的抉择。如果选择履行合约，他要亏损200万美元，超过当时公司一整年的利润，公司可能会倒闭；如果不履行，将损失转嫁到他的生意伙伴身上，他只会损失20万美元，但是从此也会在巴西信用破产，永远无法在巴西市场立足。

他纠结了很久。在信用状兑现前的最后一刻，他做出了一个决定："只要有信用在，就会有未来。"当时银行与银行之间的转账系统还不发达，于是他变卖家产，又向温州老乡借了钱，让信用状兑现。

此时，所有订货的商人眼见时局变化赚不到钱，全都毁了约，只有他一个人亏本吃下订单，使得巴西供应商们对他竖起了大拇指。危机过后，即使有人高价抢货，供应商也愿意便宜一点卖给卢伟光，因为信用是无价的。

两年之后，全球木材市场大涨价，卢伟光终于摆脱亏损，在全国拥有了500多家连锁店。

后来，卢伟光买下了巴西雨林的林地。他在专家的帮助下，根据树木的生长规律，把森林分成25等份，每年开采其中一份，25年全部开采一遍后，森林还能够保持原样。他租用了美国的卫星，让巴西政府可以随时监控他对森林的一举一动，使他们放心。

卢伟光也尊重当地印第安人建树屋的习俗，只要雨林中有原始部落，他就把地还给他们。种种取信于人的措施，使他成为唯一在巴西直接拥有木材开采权的中国商人。

中国有句老话，叫"无商不奸"。其实，在多数致富传奇里，信用才是成功的关键。取巧只能赚取短暂的小利，拥有信任才能持盈守成。

（摘自《读者》2019 年第 22 期）

我要听到你的声音

李松蔚

我上小学的时候，因为住院做手术，耽误过一段学习时间。再回学校时，语文、数学这些科目还能通过自学跟上进度，唯独音乐课，完全没法自学。因为不识谱，本来也不擅长唱歌，音乐课上大家一起唱之前学的歌，我只能跟着其他同学对口型。

我们的音乐老师，是刚从四川音乐学院毕业的大学生。对那个年代的一所普通小学来说，她是光芒耀眼的大明星，一眼就看出我在对口型。课间的时候，她专门问我："怎么不跟着大家一起唱？"

我很羞愧，我想应该解释一下住院之类的情况，但脱口而出的是："我不会唱歌。"

音乐老师睁大眼睛问："不会唱歌？"

然后她反应过来："哦，你的意思是书上的这些歌不会唱。"她翻了翻音乐课本，很随意地把它丢到一边，说："没关系，那就唱你会的歌。"

我呆立在那里。

她说："我要听到你的声音。"

后面的那节课，她没有继续按课本教，而是让大家自由发挥，想起什么就唱什么：唱一首欢快的歌，一首春天的歌，一首跟朋友有关的歌……她弹着琴伴奏。有的小朋友唱得根本没调子，她也伴奏得很开心。我不记得自己唱了什么，大概是一首儿歌吧，她一边敲着琴键，一边冲我微微点头。

这是 20 多年前一件极小的事情。

别误会，我并没有因这件事点燃对音乐的热情。但它对一个小孩子的成长来说，仍然是具有重大意义的一刻：一个公认的很厉害的老师，用满不在乎的姿态丢下课本，却以认真的神情说："我要听到你的声音。"

即使一个小学生很难清晰地用语言表达这件事的意义，但当时的我也确实从中得到了一些信息，这是成长中不容我忽视的信息：唱歌是你想有就可以有的权利。

我以为我发不出声音，其实可以。这个声音好不好听，是另一回事。重点在于那是我的声音，没有人能取代"我"。

在那之前，我完全不记得听过自己的声音；或者听到了，也觉得不好听，不用听。不仅是我，我身边的孩子都一样，大家都是局外人，在想象出来的条条框框里，设置着自己的生活半径。家里有一些儿歌磁带，封面上都是粉妆玉琢的童星，好像只有他们的声音才是好听的，回荡在千家万户的录音机里。那些孩子大概在北京，或在上海，和我的世界完全没有关系，他们生活在一个梦幻的世界里。

不仅是条件的问题，甚至不是视野的问题，小朋友们都能通过电视和杂志接触到花花绿绿的世界，但在心里，有没有想过那个世界跟自己有关？

　　那一次，我知道，我的声音很重要。

（摘自《读者》2020 年第 19 期）

晚清硬骨头

水 处

1

清代是一个很有意思的朝代。

不需要金榜题名，不需要进士出身，你也有各种扬名天下的机会。

比如康熙年间的名臣于成龙，他只是副榜贡生出身，也就是"候补举人"的身份，最后竟官至两江总督。

薛福成也只有副榜贡生的功名，连举人都没考上。

薛福成年轻时也想考取功名，但当时太平天国运动和捻军正兴起，他曾被太平军抓去，差点儿丢了性命。

这时候他认识到，生逢这乱世，八股文做得再好也没啥用，必须研究经世致用的学问。

1865 年，27 岁的薛福成终于等到一个机会。

曾国藩的船从他家门口经过，他壮着胆子把自己写的万言书递上去，从而得到曾国藩的赏识。曾国藩慧眼识英雄，将他延揽为幕僚。

从此，薛福成踏上仕途，从一个幕僚做到了五品候补同知。虽然不是实职，好歹也算有了级别。

7 年以后，曾国藩病逝，薛福成没了靠山，只好回家。

但和别的幕僚不同的是，薛福成是携书回家。

即使一路上受尽辛苦，他也要随身带着自己心爱的那些书。

1875 年，光绪皇帝登基，垂帘听政的两宫皇太后下懿旨广开言路，让大家建言献策。

薛福成抓住这个机会，把这些年来的所学所思写成《应诏陈言疏》，里面包括了"治平六策"和"海防密议十条"，并请晚清名臣丁宝桢转呈，一下引起了各方的关注。

正在搞洋务运动的李鸿章马上把他请到府中当幕僚。

薛福成在李鸿章的幕僚位置上一干又是 10 年，其间参与谋划了很多大事，这让他的实干经验更足、眼光更长远。

而让薛福成青史留名的机遇，在 1884 年终于来了。

2

这一年，清政府和法国的战争全面展开。

法国仗着海军优势，对中国的东南沿海不断袭扰，东南沿海的海防亟待加强。

在李鸿章的举荐下，薛福成被任命为浙江宁绍台道，负责宁波、绍兴、台州三个府的海防。

这一次不是候补，而是实打实的领导岗位。这一年，46岁的薛福成终于成了真正的"官"。

他自然兴奋不已，先在北京谢了恩，然后就急匆匆地赶到浙江上任了。

兴奋归兴奋，但压力同样巨大。法国的海军力量较之当时清政府的海军，具有压倒性的优势。

1884年8月，中法海军在福建马尾港爆发海战。

不到一个小时，法国海军就重创清军"四大水师"之一的福建水师，使其几乎丧失战斗力，自己则是一舰未沉。

紧接着，法国海军又封锁了台湾海峡，然后在东南沿海不断袭扰，准备拿下一个重要港口，再照着鸦片战争的套路，逼清政府割地赔款。

而薛福成所管辖的宁波府正是东南沿海重要的商业港口，自然也是法国人眼中最理想的攻击目标。

当时，宁波府最重要的海防基地有两个，一个是位于舟山群岛的定海，还有一个就是位于甬江入海口的镇海。

鸦片战争时，英国人就是先拿下定海，然后以定海为基地不断进攻东南沿海地区。

而镇海，距离宁波城只有20多公里。

因为法国人牢牢掌握着制海权，所以薛福成首先要解决的是定海和镇海的防御力量分配的问题。一旦分配不好，定海和镇海的守军根本无法跨海支援。

这时候，薛福成跟着李鸿章做了10年幕僚的经历发挥了重大作用，他学李鸿章玩起了"以夷制夷"的手段。

3

当年，鸦片战争结束后，英国虽然归还了定海，但逼清政府签了个协议——清政府不能把定海让给其他国家，但如果其他国家占领定海，英国就要出兵干涉。

这本来是一个挺屈辱的协议，但现在成了薛福成可以利用的一个工具。

薛福成马上找到英国驻宁波的领事，要英国遵守这个协议。

英国国内认为，法国在中国东南沿海侵扰，本来就损害了英国的商业利益，现在如果再让他们占了定海，大英帝国的脸面何存？

于是，英国政府找到法国外交部交涉，最终，法国人同意绝不进攻定海。

这么一来，虽然是借助他人之力，但薛福成毕竟保证了定海的安全。

这样，薛福成就可以放心大胆地把全部防御力量集中到镇海。

但薛福成还要解决很多问题。

比如通信问题。

当时，浙江巡抚在杭州，离宁波前线上百公里，传递个消息，来回就得一两天。

所以，薛福成马上下令从镇海到杭州拉了一条电报线，解决了通信问题。

还有封锁入海口的问题。

薛福成下令，在甬江入海口打上一堆木桩，拉上铁链，又将一些破船沉在入海口，布上水雷，把甬江封锁得铁桶一般。

内奸问题。

从两次鸦片战争的教训看，西方人在正面冲不进来的情况下，经常会重金收买熟悉水道的引水员，让他们带着绕开正面防御力量，从侧后方偷袭。

薛福成也考虑到这一点，事先把当地熟悉水道的引水员全部控制起来，又把宁波当地的法国天主教堂的传教士全部迁移到杭州并看管起来，以防他们做内应。

最后是统一指挥的问题。

当时，清军在宁波一带番号众多，"提督欧阳利见顿金鸡山，杨岐珍顿招宝山，总兵钱玉兴分守要隘。诸将故等夷，不相统摄"。薛福成得到浙江巡抚的授权，以宁绍台道的身份统一指挥各路人马，布置各路防务。

薛福成和众将士忙活了几个月后，法国人终于打上门来了。

4

1885 年 2 月，朝廷派南洋水师的"开济"号等 5 艘战舰南下救援被封锁的台湾。结果南洋水师和法国远东舰队撞了个正着。

南洋水师本来就没什么像样的战舰，连这 5 艘战舰都还是拼凑出来的，根本不是法国人的对手，只好调头往北跑。

其中航速较慢的两艘战舰，被法军包围后放水自沉，剩下的 3 艘一路向北跑到镇海。

法国舰队跟着逃出去的 3 艘战舰追到镇海。

3 月 1 日，法国舰队派出一艘战舰靠近镇海要塞进行侦察，被清军开炮击退，镇海保卫战就此拉开序幕。

法国远东舰队司令孤拔中将是个非常高傲狂妄的人，马尾海战中，他在很短的时间里就重创了福建水师。因此，孤拔极度嚣张，根本没把镇海要塞放在眼里。

孤拔一声令下，4艘法国战舰一起冲向镇海要塞，准备一顿炮轰，然后登陆，直取宁波。

但这次的剧情，显然没按照他设想的进行。

5

清军已经做了充分准备，镇海要塞的防御力量相当强悍，躲在港里的3艘清军战舰也一起开火，提供火力支援。

一阵互相炮击过后，一艘法国战舰被击穿，差点儿沉没，赶紧释放烟幕退出战斗。其余几艘战舰也紧跟着退出了战场。

孤拔的第一次进攻就这么被击败了。

正面强攻不行，孤拔就玩起偷袭的把戏。

3月1日夜里，两艘法军小船于乾口门靠岸，企图登陆偷袭。

但因为没有熟悉水道的引水员，结果开到了烂泥塘里，被守军开炮击退。

3月2日夜间，孤拔又派出两艘鱼雷艇企图进港偷袭，再次被水陆守军的交叉火力击退。

两次偷袭均失利。3月3日上午，孤拔再次率领舰队进攻，同样遭到守军的猛烈炮击，其中一艘战舰的烟筒等多处中炮受损，法舰只好掉头跑路。

孤拔连遭挫败，消停了几天。

3月14日，法国战舰卷土重来。这一次，孤拔改变了战术，利用法国军舰火炮口径大、射程远的优势，拉开距离，在清军火炮射程之外轰击招宝山炮台。

法军虽然炮火猛烈，但距离过远，威力大打折扣，无法摧毁坚固的镇海要塞，只得靠近岸边，准备登陆。

薛福成令守军不得还击，全部躲进工事。但法军一进入守军射程，他立刻下令猛烈打击。

无奈之下，法国人只得退了回去。

此时，薛福成却开始主动进攻。

3月20日夜里，薛福成与钱玉兴组织夜袭队，趁法军深夜熟睡，四更后突然开炮袭击。

法军顿时大乱，等法国战舰调整方位开炮回击的时候，清军早已打完回营了。

6

孤拔的头都大了。

正面攻，他们攻不进去；想偷袭，又找不到熟悉水道的引水员。宁波城里的法国传教士也被转移，他得不到任何情报。

更要命的是，不能攻占定海，法国人就没有陆上基地，只能一直漂在海上，连新鲜的蔬菜都吃不到。日子一久，法国士兵个个营养不良，士气低落。孤拔自己也得了重病，天天躺在床上唉声叹气，却毫无办法。

就这么一直耗到6月，清政府和法国在天津签订了《中法新约》——清政府放弃越南这个藩属国，法国放弃割地赔款的要求，双方停战。

孤拔这才率领舰队离开了镇海。不过没多久，这位狂妄的海军中将就病死在船上。

他或许到死也没想明白，他为什么能不到一小时就干掉福建水师，却 100 多天攻不下镇海要塞？

为什么呢？因为他的对手是薛福成！

（摘自《读者》2022 年第 1 期）

请君入局

吕晓涢

古玩行里最好玩的故事有两种：一是上当，一是捡漏。可以说，人情世故尽在其中。

一个广东老板到内陆城市看货，到的当天突发疾病，住进医院。谈好的生意做不成了，文物贩子们大失所望。其中一个乡下文物贩子却对众人说，机会来了。众人笑他，买家已经住进了医院，机会在哪里？他笑而不言。

他买了很多补品去看病人。广东老板独居异乡，卧病于床，无依无靠，十分孤寂，看到他来自是喜出望外，如见亲人。他当即在医院住下，衣不解带地照护，端屎端尿，无微不至。广东老板渐渐痊愈，自然对他感激万分，出院那天，一定要去看他的货，说要好好地买几件，既为生意，亦为酬谢。他却坚决不肯，反替老板买了回程的机票，说大病初愈的人不宜劳神费力，应该回家好好调养，做生意不必急在一时，来日方长。

老板回去之后，他们常通电话，亦常有书信往还。他依然绝口不提生意上的事。直至半年之后，才渐渐将一些古玩照片发给老板，供其挑选。其时二人已成莫逆，老板对他言听计从，对他的货深信不疑。两年之间，他们的生意做得十分火热，交易额有数百万之巨。

某一天，有鉴定大师经过广东，被老板请入家中密室看他这两年搜罗的宝物。大师一眼扫去，皆为赝品，而且是极劣质的地摊货，连高仿都谈不上，成本不过万元。老板默然。大师走后，老板愤而斥责说，什么大师，浪得虚名！他与我乃是生死之交，我们的友谊是经过考验的，他怎么会把假东西卖给我？

古玩这种东西，见仁见智，佳士得拍出的古玩尚且有人斥为伪器，即便电视上肯定过的东西也照样有人置疑，何况所谓鉴定大师的一家之言。这个广东老板至今仍对他的朋友深信不疑。而这个贩子，亦因资金雄厚，囤积了大量红木家私，皆为明清重器，俨然成为一方收藏大家。

另一个故事比较离奇。也是一个老板，农民企业家，富了以后想提高生活档次，让自己显得高雅一些，同时也为了某些人情往来，开始热衷于收藏红木家具。他听说红木家具能保值、增值，特别是明清老家具，黄花梨或者紫檀家具，一件动辄数十万上百万元，不仅受人追捧，也是财富的象征，遂产生了极大的兴趣。

然而古玩行深不可测，到处都是陷阱，稍不留神便会入坑。该农民企业家也深知其险，攥着大把钞票在门外跃跃欲试，却不敢贸然进门，只是观望。

一天，他在古玩行新认识的一个朋友给他带来一个客人。那是一个中年男人，生得清癯儒雅，眉目间天然带有一股萧索落寞的气质。朋友介绍说，此人现居汉口，是上海某民族资本家的嫡传后裔，其家族鼎盛时期在上海开有工厂和银行，还有不计其数的房产。朋友说了一个与无锡荣家齐名的名字，让农民企业家肃然起敬。不过，这个大家族现在已经败落。但正所谓"百足之虫，死而不僵"，他们家还有许多的家藏，价值不菲。因有急用，想变成现钱——想来农民企业家对这些家藏是会感兴趣的。

朋友拿出一张泛黄的照片，农民企业家认出照片上的老人依稀便是某民族企业家，而依在老人身边面目模糊的乖巧男孩，自然就是这个儒雅的中年人，亦即老人的亲孙子。

农民企业家对这些家藏产生浓厚的兴趣，翌日便与中年男人飞往上海。中年男人将企业家带入永嘉路上的一座老房子。

那是一座老别墅，处处弥漫着旧上海的风情。中年男人说，这就是他祖父的产业，时价已达数千万元。房子里目前还住着他叔叔一家人，包括叔叔、婶婶和他的堂兄妹。他叔叔也已年近古稀，坐在一堂黄花梨家具中间，自己也仿佛变成了活着的古董。

农民企业家在这座别墅里住了整整三天，看到了很多此生没有看过的好东西，大开眼界。他暗自庆幸自己的好运气：竟然不用去和古董贩子打交道，就找到了真正的旧家，可以买到真正的旧物。什么叫可遇而不可求？这就是。他首先斥巨资买下了古稀老人房间里的那一堂黄花梨，运回家受到家具市场那些古玩贩子的一致肯定后，便一发而不可收。他买光了别墅中的旧东西，犹未尽兴，又托中年男人去联系其亲戚朋友，在上海的旧弄堂里走家串户，恨不得把整个上海买空了才好。他的家里和仓库里终于堆满了旧家具，他将它们看作无价之宝。

某天，他去汉口办事，顺便去中年男人家小坐。中年男人不在，但家中另有一河北客人，二人便攀谈起来。河北客人说他来自河北某仿古家具厂，而中年男人是他们的代理销售商。让他们感觉很奇怪的是，他们的家具在哪儿都卖不出去，唯有中年男人卖得极好，不仅一再要货，而且催得很急。因此，厂里派他专程过来看看这里面有什么窍门。说着，河北客人拿出一摞照片，都是家具样品。农民企业家一看，差点儿没昏过去，这不和他家里、仓库里堆的宝贝一般无二吗？他试着问了问价钱，人家说，仿古的嘛，便宜，几千元就可以买一堂。

农民企业家气急败坏，直飞上海，别墅中却早已人去楼空。

（摘自《读者》2019 年第 15 期）

好　人
爱玛胡

　　要过春节了，门诊的病人却一点儿不见少，大多是想趁年前看病开点儿药，迷信的说法是过年上医院晦气。

　　我屁股不挪窝地一直看病看到下班时间，眼看门口没有病人了，隔壁诊室传来锁门的声音。我站起身，伸伸腰和脖子，准备洗手下班。

　　刚关了电脑，门口一个人影一闪，又晃了回来。那是个60多岁的男子，貌不惊人，穿着旧棉服，手里拎着个大行李包，看上去沉甸甸的。

　　他拿着挂号单问我："看病在这里吗？"我说："下班了，去急诊吧。"看他脸色不好，我想：只当做个好事吧。接过挂号单，我把电脑重新开启，说："算了，我给你看完病再走吧。"他有点儿局促地跟我道歉："耽误您时间了。"他坐下，把包放在双腿间，夹得紧紧的。

　　原来，他刚刚在开车时突然感到心慌，心跳得很快，当时人就快要晕过去，眼前一片模糊，出了很多汗。亏他还晓得把车开到路边停下。

他坐着歇了会儿，感觉好些了，抬头发现正巧在医院旁边，就挂了个号。我一听大概就知道是怎么回事儿，于是检查了血压、心跳，开检查单："你应该是心律失常了，去查血、做心电图。我估计你得住院。"

他一听就急了，双手直挥："医生，我不住院，你给我开点儿药吃就行。"

怕住院的病人不止他一个，我说："不管住不住院，检查你总要做，那样我才知道该开什么药给你呀。"

他觉得有理，接了单子，拎包要走。

我说："心脏不好还拎着重物满楼跑，出事我可负不起责。包就搁这儿，没人拿你东西，我帮你看着。"那包的四角都磨得起毛了，能装什么好东西！老人就是这样，啥都当宝。

他犹豫了一下，把包放下，走了。

我起身把他的包踢到桌子下面，别说，还挺沉。我上了个厕所，刚晃回来，他就进门了，手里拿着报告——果然是心律失常，还好没有缺血。

我劝他最好留院观察，但他还是坚持只开药不住院。他说他有事，要宽限两天，已经打电话叫人来接他了，路上不会出事。

强求不得，我开好药方签好字，递给他时问："什么事比命金贵呢？我搞不懂你。"他说："医生，你不晓得，我带了一二十号人做工程，年底好不容易才结清账，一百多万在包里，我要赶回去给大家发工钱好过年。"

一百多万？一百多万什么？我傻了，指指桌下的包，他点点头。我脑海中闪现出各种拖欠工钱、被跳楼索薪的黑心老板的新闻报道，脱口而出："你真是个好人呀！"又说，"那你可千万注意，一忙完就要看病，好人要活长一些。"

这时，接他的人来了，弯腰从桌底把包拽出来。

我说:"你心也真大,一百多万就交给不认识的人管。"

他冲我笑道:"我知道你是好人。"

(摘自《读者》2019 年第 2 期)

数晨夕

杨无锐

古人谈到日、日子，有很多精彩的警句、精妙的想象，但令我印象最深的，是一个平淡无奇的句子。陶渊明《移居》的第一首，开篇说：

昔欲居南村，非为卜其宅。闻多素心人，乐与数晨夕。

从前读陶诗，常常错过这句，最近读，感到震撼。震撼我的，是"数晨夕"的"数"。

"数晨夕"，译成白话，便是数算日子。身为现代人，我经常数算日子。等一通电话、一条短信、一个人、一个结果，就得数算日子。不但数算日子，简直数算分秒。我们期待一个时刻，为此数算，其实是希望删掉正在数算的时间，直接达成目标。我希望删掉时间，于是我真的成功了。我没办法让时间变短，却可以让时间变得可憎，甚至无意义。当我数算日子的时候，我就活在一段被勾销了意义的时间里。我想要快点儿逃出这段时间，因此成了这段时间的囚徒。就好像，现代人发明了电影，也发明了电影快放功能。

凡我数算的日子，都只具有工具价值：它们不过是通向目标的绕不开的路而已。目标太光彩、太诱人，路，就成了必须忍受的乏味。数算日子，无非是想告别周而复始的乏味。

陶渊明不这样数。他是"乐数"。"乐与数晨夕"，是欣喜地数。他不恨重复，他欢喜这周而复始的日子。一日将尽，盼着"再来一次"，是乐。来日无多，竟然还能"再来一次"，是乐。凡数过的日子，不是为了别的日子，每个日子都值得"乐数"。它们不是逃之而后快的牢狱，而是乐之而觉不足的恩典。

没错，我数算日子，潜台词是"该死，快点儿过去吧"。陶渊明的潜台词可能是"真好，再来一次吧"。

现代人为了各种目的而活。目的达成之前，人们拼命把日子填满，拼命玩儿出花样，因为这样的日子比较容易忍受。"再来一次吧！"只有沉浸在游戏里的孩子才会这么说。孩子渐渐长大，渐渐不说"再来一次吧"，他们的新愿望，是"来点儿别的吧"。直至倒卧病榻，他们才懊恼，活着这件事，真想"再来一次"。

我们通常把追求新奇视为生命力旺盛的表现。换一个视角，憎恨重复也可能出于生命力的衰朽。

把日子视为财产，我只想抓住"我要的日子"；把日子视为馈赠，我才学着悦纳"我有的日子"。

"乐与数晨夕"，不是生活的技巧，而是生活的责任。日子不归我所有，所以我没有糟蹋的权利。日子不归我所有，所以日日是好日。

（摘自《读者》2021 年第 24 期）

平常心不平常

黄永武

　　我第一次听到"平常心"这个词，记得是在数十年前。旅日围棋高手林海峰出战阪田九段，他的老师吴清源告诉他：下棋的要诀就是"平常心"，急切求胜或怯场懦弱者必败，临阵要"阳阳如平常"，才不致举动毛躁、表现失常。

　　"平常心"最早是中国禅宗所倡导的，赵州禅师问南泉禅师："如何是道？"南泉禅师就说："平常心是道。"平常心看起来只如平常，却不平常，高度原来是与"道"相等。在《景德传灯录》里，有僧人问招贤禅师："如何是平常心？"招贤禅师说："要眠即眠，要坐即坐。"僧人直率地再请教禅师道："我学不会，该怎么办？"招贤禅师又告诉他："热即取凉，寒即向火。"平常心就是稀松平常，不做作，不勉强，天性自然，连学习都是不必的。

禅宗最早讲平常心，主要是说"大道"并非在日常庸事之外，"修行"并不是要超出本性。因此，"饥来吃饭倦来眠"就是修行要道，以此昭示人们不要到自身之外去觅仙佛。可惜世人往往弄不明白，常常拿着灯去找火。

现在流行的"平常心"是什么含义？我无从确定。但我认为，至少应含有三重意义。

第一是从容轻松

不疾不徐，葆有心灵的常态。事情一件一件，从容去做，不在做一件时又兼做另一件，临到大事尤其要舒缓轻松一些。解除时间的紧迫感，不必以心跳来计数光阴，允许浪费一些时间，作为正常进程的一部分。

史书上称赞曹操几乎要芟刈群雄、平定海内，就是因为他与敌人对垒时，能"意思安闲，如不欲战然"。临阵不像想打仗的姿态，这是怎样的平常心？平常心很难假装：内心一在乎，形貌就婉媚；内心一畏惧，形貌就佝偻；内心一愤怒，形貌就刚愎；内心一忧愁，形貌就皱蹙。只有怀平常心的人，不震怖、不慌乱，言辞温和，形貌也安闲。

第二是忘怀得失

不骄不妒，维持情绪的稳定。这其实是极难的，谁能"受聘无喜色，被黜无忧色"？一个人除非在"道"上真有所得，否则是无法忘怀得失的。

普通人为了强调一个论点，想把另一个论点比下去，都会提高音量，一反平常舒缓的语气，更何况在面临大有影响的输赢竞争时。

要想忘怀一些得失，至少先要懂得一点"淡"。好胜者必争，贪荣者必辱。淡一些才能自得其乐，不忌妒别人才能使自己得到许多安宁。淡一些才能谨守本分，闻赞誉而喜就嫌躁，闻毁谤而怒就嫌暴，懂得守本分的人，才有资格说平常心。一切不假外求，才能自我满足，忘怀得失。

第三是随遇顺处

不苛求，目标与手段都很平和。我很佩服清代大学士张英的一句话："费心挽回的事决不做。"因为，超越能力、违反大势，要求特殊且强烈，非如何如何不可，都不是平常心。

平常心就是要有些忍受不完美的气量。凡是苛刻地评估自己、限期逼迫自己，非要"直捣黄龙"而后痛快者，其实反而失去了工作的真谛与生活的美意。

许多自觉万事已在掌握中的人说大话，说平常心不过是善于隐藏心机罢了。佛家说："饥则饱之，困则卧之，卧则不复忆醒时，饱则不复忆饥时。"此种平常心，主旨在强调随缘乘势，妙合天然。平常心是进不想争夺，退可以静守。平常心在今天，可真不平常。

（摘自《读者》2021 年第 2 期）

如何去面对这些痛苦

余 华

在一些文学作品中，表达得比较多的是痛苦。痛苦是很难表达的，文学的价值永远在后面，痛苦发生之后，如何去面对这些痛苦，这是非常重要的，这也决定了你所写的"痛苦"能否准确并打动人。

莎士比亚的作品中有这样一个情节，一个忠臣被诬陷，国王把他流放到一个荒岛上，最后国王被奸臣迫害时，才知道对他忠诚的是被流放的那个人。

等他打败奸臣，重新掌握政权以后，他就下了一道诏书，要把那个忠臣从荒岛上召回来，但是，那个人已经在那里生活了二十多年，眼睛已经瞎了，而且他也适应了荒岛上的生活，不愿意改变。

派去的人把诏书给他，他说，这上面的字即使每一个都是太阳，我也看不见。

　　我再举一个例子，一个将军在指挥打仗时，前方突然传来消息说他的儿子已经战死，结果那个将军若无其事，仿佛死掉的只是一个和他没有关系的普通士兵，战争照样继续。

　　后来他身边的仆人也战死了，他一下子就崩溃了，当场倒地死亡。

　　这样的描写非常了不起，儿子和仆人在他心中的分量肯定是不一样的，可是为什么他的儿子死时，他若无其事，他的仆人死时，他却崩溃了？这就是写出了他对痛苦的承受力。当他的儿子战死时，他表面上若无其事，实际上接近崩溃的边缘，当他的仆人死时，只需轻轻地加一点，就够了。

　　这对我们的生活也是有启发的。生活中会遇到各种问题，假如你不及时发泄，遇到一些小事就可能崩溃。

　　生活中，有时会遇到一些朋友因为一些小事而发火，我曾经不理解，但是看到这个故事后我就明白了。文学能够让你理解很多事情的发生，让你明白它们为什么会发生。明年（2009年）5月，我会到法国里昂参加一个"世界作家圆桌会议"，3月，他们会推出一本文学词典。他们让参会的作家每人写一篇写作关键词，我写的那份，其中主要的关键词是"日常生活"。

　　文学是包罗万象的，一部文学作品中包含着政治学、经济学、历史学、社会学、人类学以及个人的隐私和情感，集体和时代的情感，等等，即使是100万个字，也无法把文学包含的东西都包罗进去。那么和文学相对应的，又有什么东西能像文学一样包罗万象？那就是我们的日常生活。如果我们的每一个"每天"延续起来，那么政治、军事、历史等都会在其中，所以我说我是一个关注日常生活的人，我只要把我认为非常具有代表性的日常生活写出来，那么政治评论家就能从中看到政治，历史学家就能得到历史学的东西，社会学家就可以窥见中国的各种社会现实。

我选择了日常生活中的关键词，并不是说两个生活在同一场景中的人，他们就是一样的。如果他们对生活的观念和认知不一样，那么即使生活在同一环境中，他们对生活的体悟也会是完全不同的。日常生活能让不同时代的作家不一样，也能让同时代的作家不一样。

所以，从这个日常生活延续开来，我发现我认识的一些人里，不管是从事写作的，还是从事其他行业的，我都特别喜欢那些知识丰富的人。不要看这个人是搞金融投资的，但是他谈起文学、社会学也能滔滔不绝。我喜欢这样的人，或者说一个学者，他能大谈其他和他所研究的专业毫不相干的东西。

我发现这些人有一个共同点，那就是好奇心强。好奇心是特别重要的，有好奇心才能使其知识面变宽泛，同时又能分析和使用一些有价值的知识和信息。文学给我带来了非常多美好的东西，有一些是你们所看到的，但更多的是你们没有看到的。

文学是虚构的，生活是现实的。其实每个人在现实中都不可能把他的情感和欲望全部表达出来，现实生活会限制某些表达。

而像我这样虚构一个世界，可以突破这些限制。其实无论是写作，还是阅读，都能够让人的内心变得健康起来，尤其是生活在现在这个快节奏社会，我们每一个人，不管成功或不成功，都会有很多委屈，有很多不高兴，甚至有很多不满，但是在现实生活中很难准确表达。而阅读文学作品的过程，就是把你的情感放到某个人的情感上，为他的命运哭，为他的命运笑，为他的命运惋惜，为他的命运高兴。

反之，就可能像那位死了儿子的将军，总有一天是要出事的。人有时是需要发泄的，这样内心才能平静下来。文学就能起到这样的作用，这也是别的专业无法替代的。文学真的给了我们很多。

（摘自《读者》2021 年第 20 期）

惜 物

华明玥

日本人斋藤淳子在中国教书多年，舍不得回国，理由是，中国实在是个美食大国。就拿手擀面来说，在日本，只有高档餐馆才肯做，装在黑色的陶碗里端上来，要吃得很虔敬才对得住它的高价。而在中国，普通小面馆里的师傅也做得一手好擀面，几块钱一碗，吃的人好像也少了应有的品尝美味的敬意。

其实手擀面也罢，其他的平民美食也罢，在对的情境下出现，便有触动人心的力量。

这两年，上好的龙虾已经卖出了很高的价钱，但有的酒楼，照样每桌必有龙虾，连扶老携幼的家庭聚会也不例外。除了龙虾实在做得弹牙鲜香、无可挑剔外，有些附加服务也让人有意外之喜。比如服务员会提醒你先不要点主食："等会儿有手擀面相送，拌在吃剩的虾卤里，可好吃了。"果然，等龙虾吃得差不多了，服务员端来一碗手擀面。一般是桌上最年长的客人站起来，将面徐徐拨入虾卤中。面条的颜色每次都不一样，有时是灰绿色的荞麦面，有时是深灰色的乌冬面，有时是绿色的菠菜汁粗麦面。初夏，粉红色的手擀面显然是用苋菜汁和的面。面经过千压万揉，极为筋道，以快刀切成韭叶形，捉入口中如一条滑跳的鱼。虾卤鲜辣中有中药材的回甘，面条爽洌甘滑，吃得出粗粮的颗粒感。最妙的是，面的量刚好把剩下的虾卤全吸完，一点儿也没浪费。

这一碗面，饱含了江南人惜物的情谊，是其他地方难见的美味。

苏浙皖一带，惜物的传统至今仍在。我们在皖南看到的徽商大宅，外面并不起眼，里面却有五六进的房屋，每一重天井里都种满花木药材，连屋檐上滴落的"天落水"都被收集起来，用以浇花、养金鱼、种缸莲。物尽其用是美德，绝不过时。

徽州的白萝卜炖尾骨是烫心暖胃的瓦罐菜。主人用一人多高的炭火大瓦缸来炖这些滋补的汤水，以驱除湿气。所有的长白萝卜都要先去皮，这样，炖出来的萝卜汤才鲜香清甜，没有一丝苦味。但问题是，每天要削下一小筐萝卜皮，全丢掉吗？徽州人说，萝卜的精华，全在皮中。他们把萝卜皮晾干腌制，变成金橙响脆的美味。你点一壶茶，熏青豆、小方茶干、萝卜皮和自家炒的不加一点香料的葵花籽，全部奉送。主人是何等精细，又是何等慷慨。

在江南，连榨过香油的芝麻渣子，都被分成碗大的一坨坨，卖给家中养花的人。江南的老人家多是"花痴"，会养一阳台的茉莉、海棠、牡丹和月季。牡丹有异色，全靠肥力足。月季因为从春到秋都在开花，消耗太多，所以也是爱"吃荤"的。香油店的主人会耐心教你，每棵花下埋多少芝麻渣。这比拿鱼肠子沤的肥好，干净，放在家里也没有异味。

　　说起来，苏南人稠地少，皖南多山，浙西北也是，条件并不算太好，但这些地方竟那么富庶，原因可能就在于，土地河湖里的出产，没有一丝一毫的浪费，全用在该用的地方了。

（摘自《读者》2019 年第 14 期）

荒木寂然

傅　菲

去深山之前，我不会料想到自己会看见什么，是什么令自己产生意外之喜。譬如，巨大的蜂窝吊在三十米高的乌桕上，一棵被雷劈了半边的树新发青翠的树枝，壁立的岩石流出汨汨清泉，松鸦抱窝了一群叽叽喳喳的小鸟……这些景象让我迷恋。

我收集了很多来自深山的东西，如树叶、花朵，如动物粪便，如羽毛，如植物种子，如泥土。我用薄膜把收集的东西包起来，分类放在木架上。木架上摆放最多的，是荒木的腐片。

之前，我并没想过收集腐片，去了几次荣华山北部的峡谷，每次都看见巨大的树，倒在溪涧边，静静地腐烂，有一种说不出的东西撞击着我。有树生，就有树死。生，是接近死亡的开始。有一次，我和街上扎祭品卖的曹师傅，去找八月瓜，找了两个山坳也没找到。曹师傅说，去南浦溪边的北山看看，那边峡谷深，可能会有。我们绑着腰篮，渡江去了。

立冬之后，幽深的峡谷里，藏着许多完全糖化的野果。猕猴桃、八月瓜、地苺、寒莓，这些野果，在小雪之后，便凋谢腐烂了。我和曹师傅沿着峡谷走，眼睛瞧着两边的树林。"这么粗的树，怎么倒在这里？"曹师傅指着深潭问。我拨开灌木，看见一棵巨大的树，斜倒在潭边的黑色岩石上。

这是一棵柳杉，穗状针叶枯萎，粗纤维的树皮开裂，有部分树皮脱落。我对曹师傅说："柳杉长在沙地，沙下是岩石，根深扎不下去，吃不了力，树冠重达几吨，就这样倒了。它的死，缘于身体负荷超出了承重。"柳杉倒下不足半年，它棕色的树身还没变黑，它还没经历漫长的雨季。

雨季来临，树身会饱吸雨水，树皮逐渐褪色，发黑，脱落；再过一个秋季，木质里的空气抽干水分，树便开始腐烂。我从腰篮里拿出柴刀，开始劈木片，边劈边说："倒在涧边，柳杉成了天然的独木桥，可以走二十多年呢。"

荒木要烂多少年，才会变成腐殖质层呢？我不知道。泡桐腐化需要五年，然后肌骨不存。山茶木倒地二十年后仍如新木。枫香树，只需十年便化为泥土。木越香，越易腐化——白蚁和细菌，不需要一年，便噬进木心，无限制地繁殖和吞噬。白蚁和细菌是自然界内循环的消化器。粗壮的枫香树，锯成木板，可以用作一栋大房子的楼板，却最终成了这些生物体的果腹之物。

最好的树，都是老死山中的，可谓寿寝南山。

倒下去，是一种酣睡的状态，横在峡谷，横在灌木丛，横在芭茅地，静悄悄的，不需要翻动身子，不需要开枝长叶。它再也不需要呼吸了。它赤裸地张开四肢，等待昆虫、鸟、苔藓。树死了，但并不意味着消亡。

死不是消失，而是一种割裂。割裂过去，也割裂将来。死是一种停顿。荒木以雨水和阳光作为催化剂，进入漫长的腐熟阶段。这是一个更加惊心动魄的历程，每一个季节，都震动人心。

对腐木来说，这个世界无比荒凉，只剩下分解与被掠夺。对自然来说，这是生命循环的重要一环。

这一切，都让我敬畏，如同身后的世界。

（摘自《读者》2022 年第 1 期）

打球人与拾球人

宗 璞

大片开阔的青草地，绿茸茸的，一直伸展开去。远处的树林后面，可以看见连绵的青山。太阳正从青山背后升起，把初夏温和的光洒向这个高尔夫球场。

谢大为的车停在球场门前。门旁站着几个球童，排首的一个抢步过来，站在车尾后备厢前，等谢大为打开后备厢，便熟练地取出球包，提进门去。谢大为泊好车，从另一个入口进去，见球包已经被放在自己的场地上。球童站在旁边，问他是不是先打练习场。

这球童十五六岁，头发漆黑，眼睛明亮。"你是新来的？"谢大为问。他平常是不和球童说话的。

"来了两个多月。"球童垂手有礼地回答。

谢大为一想，果然自己两个多月没打球了。事情太多，即便是今天，也是约了人谈生意。

已经有几个人在练球，白色的球在空中划出一道道抛物线。谢大为的球也加入其中，映着蓝天，飞起又坠落。不到半小时，满地都是球，白花花一片。拾球车来了，把球撮起。谢大为的球打完了，球童又送来一筐。谢大为说他要休息一下，等约的人来，一起下场。来人已不年轻，要准备辆小车。

"我给您开车。"球童机灵地说。这球童姓卫，人称小卫。他们一般都被称为小这小那，名字很少出现。

谢大为靠在椅背上，看着眼前的青草地。地面略有起伏，似乎与远山相呼应。轻风吹过，带来阵阵草香。侍者送来饮料单，他随意点了一种，慢慢啜着，想着打球时要说的话。

饮料喝完了，他起身走到门口。来了几辆车，不是他要等的人。也许是因为烦躁，也许是因为太阳已经升得很高，他有些热了。又等了一阵，还是不见踪影。谢大为悻悻地想，架子真大。可这一环节不能谈妥，下面的环节怎么办？也许这时正在路上？

手机响了，约的人说临时有要事，不能来了。显然，谢大为的约会还不够重要。谢大为愤愤地关了手机。

小卫在一旁说，那边有几位先生正要下场，要不要和他们一起打？

谢大为看着小卫，心想，这少年是个精明人，将来不知会在哪一行大有作为；又或许在这纷扰的社会中，早早就被甩出去，都很难说。

"好的，这是个好主意。"谢大为说着，向那几位球友走去。小卫跟着低声问："车不用了吧？"谢大为很高兴。在小卫眼里，他还身强力壮，不需要车。球友们欢迎他，其中一位女士说，常在报上看到他的名字和照片。

他轻易地打进了第一个洞，但再往下就落后了，越打越心不在焉，总想着本来要在球场上谈的题目。这题不做，晚上在饭局上谈什么？他把球一次次打飞，他的伙伴诧异地瞪了他几眼。小卫奔跑捡球，满脸是汗。

"呀！"谢大为叫了一声，在一个缓坡上趔趄了一下，他不留神崴了脚。照理说，球场上青草如茵，怎会崴脚。可是他的脚竟伤了。小卫跑过来扶住他，满脸关切。小车很快过来了，他被扶上车，几个人簇拥着他向屋中去。谢大为的足踝处火辣辣地痛，但心中有几分安慰。晚上的饭局可以取消了，题目可以一个个向后延了。他本可以有几十个借口取消那饭局，但现在的局面是最好的借口，尤其是对他自己。

小卫陪他坐在酒吧里，问他要不要用酒擦。谢大为问："有没有二锅头？"酒童说："只有两百八十元的。"谢大为不在意地说："就用这个。"侍者取来，小心地斟出一杯。小卫帮他脱去鞋袜，见脚面已经红肿了。小卫把酒倒在手心，在他脚面轻轻揉搓。

"真对不起！"球场经理小跑着赶过来，赔笑道，"已经叫人去检查场地了。先生的卡呢？今天的费用就不收了。"他说话时搓着两手——这动作是新学的，他觉得很洋气。

谢大为只看着那酒瓶。经理机敏地说，这瓶酒当然也不收费。谢大为慢慢地说："不要紧的，是我自己不小心。"经理对小卫说："轻一点。"又对谢大为说："能踩刹车吗？多休息一会吧？"

谢大为离开时，给了小卫三张纸。小卫扶他上车，又把球包和酒瓶都放好，目送车子离去。

小卫很满意这一天的收入，他要寄两百元给母亲，并给妹妹买一本汉语字典。

乡村的夜晚

盛　慧

　　早晨如同苹果般清脆，下午如同水蜜桃般慵懒，而黄昏就像柑橘一样温馨了。当落日贴着旷野里的草叶行走，忧伤的光线涂满大地，淙淙的溪流正把黄昏的平原带进夜晚。一柱炊烟袅袅升腾，紧接着一柱柱炊烟升腾起来。炊烟在风中飘散，萦绕着黑暗的农舍，萦绕着高大的乔木，萦绕着宁静的村庄。这个时候，村庄出奇地静，每一片树叶都笼罩在灰暗的光线里。村庄多么安静，只有柴火发出噼啪的燃烧声，只有八仙桌前饮酒者的交谈声，偶尔，也会有邻村人匆促的脚步声。空气里弥漫着淡淡的芳香，有新鲜的稻草燃烧以后的清香，还有河岸上盛开的柴咪咪花的芳香，以及邻家的姐姐衣服上的桂花香。她的窗前，木壳子收音机飘出了歌声，歌声像甘蔗一样甜。就这样，缓缓地，缓缓地，夜色也深了起来。乡村的夜，是漆黑而静谧的。它的漆黑是甘美的漆黑，如同埋在野麦地里的荸荠。它的静谧是圣洁的静谧，如同羊齿草上的露水。

如果是七月，夜色并不沉，呈现出浅河谷般的绿色。夜色像一只睡着的猫，远山是它轻微的鼾声，静寂的夜空里钉着无数枚古老的星星，一如古老的银币。月亮在树杈上方，像一盏油灯，散发着回忆的光芒。这个时候，家家户户的黄泥场院上，都被打扫得干干净净，支起旧竹床。经过时间和汗水的磨损和浸润，所有的竹床都光滑而清凉。竹床上坐了七八号人，有的抽烟，有的喝茶，坐在徐徐的清风里，谈论着陈皮般的旧事。这个时候，田野里传来蛙鸣声，树枝里传来知了声，草丛里传来蟋蟀声，这些都是美好夜晚的一部分。人越来越多，竹床上挤不下，索性坐到了竹椅和木条凳上。花脚蚊子非常忙碌，嗡嗡叫个不停。

偶尔有人从路边经过，到下一个村庄去。下一个村庄并不远，只是要经过一片庄稼地。我有过在这样的夜色里行走的体验。路边种满了红薯和黄豆，中间是稻田。夜色里散发着青草的气息，还有肥沃的泥土的气息。经过池塘时，你还会遇见绿色的萤火虫，一闪一闪地出现在灌木丛里。池塘里闪着微光和柳叶鱼的梦呓，静静的月光下，流浪的水花仿佛白色的小花。抬起头，你会看见在夜色的边缘，有一些灯像夜来香一样开放。

约莫十一点，村庄里大部分的人已经睡下了，我们就从闷热的屋子里拿出竹竿和蚊帐为睡眠做准备。夜是静静的，风是轻轻的，朦胧的月光照在芦苇丛里，芦苇丛里传来水鸟明亮洁净的嘟哝声。偶尔，邻家的狗发出几声吠声，把村庄拉得更加悠远。我们躺在竹床上，面对着满天闪烁的繁星。有时候，天也会下雨，不知在什么时候，就会有一些清亮的雨滴打在我的脸庞上、眼睛里，甚至嘴里，甜丝丝的，痒酥酥的，清滢滢的，似真似幻，如同初吻一样令人惊慌失措又让人回味悠长。这时，我会赶紧爬起来，躲在低低的屋檐下。说来也怪，只下了几滴雨，也就停了，于是我又回到竹床上，继续享受躺在大自然怀抱里的舒畅与甜美。

如果是腊月，则又是另外一番景象。这个时候，平原是广阔而荒凉的，寒冷的风吹彻坚铁般冰凉而沉重的夜色。夜色很深，呈现出深海般的蓝色，没有什么重要的事，一般人们都不出门，就连最调皮的小鸟也把身体蜷缩在瓦垄的最深处。即使出门的人，也把自己包裹得严严实实。家家户户的大门紧闭，只射出橘黄色的灯光。一家人围在灯光下面，享受着热气腾腾的晚餐，这个时候吃得最多的是萝卜炖排骨。过年之前，家家户户都要炒花生和葵花子，在我童年的记忆里，总是把花生想象为父亲，把葵花想象为母亲。我说不清理由，或许孩提时代总会有一些莫名其妙的想法……还记得这样一个夜晚，快要过年了，大队里的鱼塘放干了水。父亲和我负责看守。那个晚上，父亲和我就睡在打谷场上，用整捆整捆的稻草搭起一个四处漏风的草房子，地上也铺了厚厚的稻草，然后在上面铺好棉絮。我记得那个夜晚，没有一丁点儿声音，田野多么寂寥，一切的一切都沉睡着。我记得稻草的清香，记得从缝隙里落进来的星光，还有刀子般的风。半夜，我被冻得醒来，发现父亲还在外面。过了一会儿，天开始下起了雪，雪落的声音，沙沙沙，沙沙沙，很轻很轻，仿佛怕惊扰了人类的睡眠。雪覆盖了我们的草房子，覆盖了我们的平原，覆盖了我的整个童年……父亲还没有回来。整个世界，只剩下他在雪地里发出的脚步声。

（摘自《读者》2022 年第 1 期）

美好之物

冯 唐

人是需要有点精神的。

我案头常放几件古器物，多数能用，喝茶、饮酒、焚香，多数是宋朝的。盘桓久了，看到窗前明月，知道今月曾经照古人，会不禁问："明月几时有？把酒问青天。"

一盏。北宋建窑兔毫盏，撇口，直径约十厘米，盏色青黑，兔毫条达，盏底修足工整，盏外近底处有垂釉和釉珠。一罐。宋金钧窑双耳罐，内壁满釉，底足不施釉。一印。宋羊钮白玉印，微沁，两厘米乘一厘米。宋代喜欢用玉雕羊，雕工极细，羊神态自若，面部由多个棱面组成，体现宋代动物玉雕的特色。

很难用语言形容这一盏、一罐、一印的美。我一直认为，文学首要的追求是真，探索人性中无尽的光明与黑暗。真正的美，只可意会、不可言传。

在真正的美面前，文字常常乏力。白居易说杨贵妃，"芙蓉如面柳如眉"。这么多年过去，这句诗虽然流传下来了，我们还是不知道杨贵妃长的什么样子。

拿起青黑的建盏，喝一口当年春天摘的古树生普，冷涩而后甘，山林的春天就在唇齿之间，"一杯落手浮轻黄，杯中万里春风香"。插一枝莲花到钧窑罐，仿佛养一枝莲花在小小天青色的水塘，"雨过天青云破处，者（这）般颜色作将来"。

明代嘉靖、万历年间的陈继儒，在《太平清话》中列举了一些东方文化中的通灵时间："凡焚香、试茶、洗砚、鼓琴、校书、候月、听雨、浇花、高卧、勘方、经行、负暄、钓鱼、对画、漱泉、支杖、礼佛、尝酒、晏坐、翻经、看山、临帖、刻竹、喂鹤，右皆一人独享之乐。"

多花点时间在这些通灵的事儿上，人容易有精神；多用些美器做这些通灵的事儿，人更容易有精神。草木一样的姑娘、纯美泛黄的旧书、一杯热热的茉莉花茶、一块润而不腻的玉……和这些美好的未知一起，真实地存在着，我就会心安一点。

年轻的时候喜欢透过现象看本质，读万卷书、行万里路，常常将天地揣摩，希望终有一日妙理开，得大自在。

人慢慢长大，喜欢略过本质看现象。一日茶，一夜酒，一部毫不掩饰的小说，一次没有目的的见面，一群不谈正经事的朋友，用美好的器物消磨必定留不住的时间。

所谓本质，一直就在那里，本一不二。

（摘自《读者》2019 年第 10 期）

太阳神

韩少功

以前我只知道向日葵是向日的，现在才知道几乎所有树、草、花都是向日的。

我种的美人蕉和铁树，长着长着都向一旁倾斜，原因是头上盖有其他树冠，如果不扭头折腰另谋出路，就会失去日照。我家林子里的很多梓树瘦弱细长，原因是周围的树太拥挤，如果不拼命拉长自己，树梢就够不到阳光。

我明白了，万物生长靠太阳——农业其实是最原始、最庞大的太阳能产业。太阳一直在释放金色能量，造福人类。所谓太阳神，不过是这一传统产业的形象徽标，表现出生物圈里每一天的真实日常。

在争夺阳光的持久竞争中，失败的草木一旦蒙受荫蔽，就会大失活力，无精打采，很可能成为"侏儒"，乃至枯萎或腐烂。这使我想起瑞典、挪威、冰岛等北欧国家，一旦进入夜长昼短的冬季，人们大多愁眉不展。政府巨大的福利开支中的一项，就是给国民发放药丸，防治抑郁症。女孩们扮成光明之神，在夜晚最长那天，举着烛光巡游慰问——这些放到一个阳光富足的国家，会让人难以理解。

我的部分瓜菜看来是患上"北欧抑郁症"了，或许需要到加勒比海或印度洋去度假。阳光的价格在这时就产生了——它是我家瓜菜的价格，或是北欧富人到加勒比海或印度洋晒太阳的机票价格。

世上任何东西原本都很昂贵，哪怕像阳光这种世人皆可享有的东西。所谓昂贵，通常是人为造成的，是特定情境中的短暂现象，甚至是价值迷阵里的心理幻影。想想，一旦石油枯竭，汽车就是一堆废铁；一旦币制崩溃，钞票就是一堆废纸；贵妃病重之时，一定会羡慕健康的村妇；财阀遇上牢狱之灾，一定会嫉妒自由的乞丐……在时局的千变万化中，任何昂贵之物都可能忽然间一钱不值，而任何低贱之物都可能忽然间价值连城。

所以古人有太阳神。

所以古人有海神和山神。

所以古人有火神、风神以及树神……

古人对贵贱的终极理解，通常在人类历史中沉睡，在我们的忙碌中被遗忘，比如在沉甸甸的斜阳落山时，也是我买到食盐和铁钉踏着斜阳回家时。

（摘自《读者》2019 年第 14 期）

那些年为彼此流过的眼泪

肖　遥

　　20 世纪 90 年代，我们举家从山区搬迁到城市后，小时候的山居生活便时常浮现在我的脑海中。

　　住在山区时，父母在一家光学仪表厂工作，它有一个好听的名字，叫"云光"。冬天的早晨，我们起床后做的第一件事是去锅炉房打开水，这是家中孩子分担家务的第一课。开水房也是厂里的"信息中心"，山区里的厂区处于半封闭状态，离最近的镇子也有一小时的车程。这么小的地方能有什么新闻呢？最大的新闻就是谁要调走了。后来，这种消息逐渐多起来。父母那一代支援三线建设的大学生已近中年，他们都千方百计地想调回自己的家乡，有的是因为子女教育的问题，有的是要回去照顾老人，有的是看到了城市的发展，害怕会错过什么。知道我们要搬家了，年少的我却心情复杂，对即将面临的新生活虽也有期待和好奇，但更多的是对山区生活的留恋和离别的伤感。

厂区就是一个小社会，从幼儿园到高中、技校，以及医院、澡堂、公园等一应俱全，在路上走着走着就会碰到熟人。我父母是20世纪70年代大学毕业后来到这里的，和他们一起进入这座大山深处的同学有六七对。几家人逢年过节都会相互登门问候，这是远离家乡的生活中的一项重要仪式，其乐融融的相聚可以冲淡乡愁。父母和他们的同学，相互扶持着一路走来，感情深厚，胜似亲人。

我上幼儿园的时候，全家搬到了厂区八号楼，几年后，我们又多了很多"亲人"。这里夜不闭户、路不拾遗，邻居们互相帮忙挖地种菜、照顾小孩。于是，每年春天全楼的餐桌上都少不了夏阿姨采摘的香椿、王阿姨做的咸鸭蛋和豆腐乳，家家户户的鸡圈里都有张阿姨家的母鸡孵的小鸡。我记得，隔壁赵叔家是第一家买电视机的，那时几乎全楼的孩子都挤在他家看电视。现在回想起来，赵叔家或许经济条件并没有多好，但是赵叔爱小孩、爱热闹，便有意识地把自己家打造成一个家庭影院。

那个年代的娱乐活动不多，人们之间的感情反而更亲密，精神生活也更细腻精致。吴阿姨特别会养花，昙花开放的某个月夜，邻居们都跑到她家等待花开，就像共同期待一个奇迹。这个奇迹因为齐聚一堂的紧张期待而变得更加神秘和盛大。每年换季时，我家的缝纫机就开始忙碌起来，母亲的几个女同事传阅着《上海裁缝》杂志，琢磨着新衣服的样式，她们一起剪裁、缝纫，嘻嘻哈哈，亲如姐妹。我上小学时穿的毛衣都是高阿姨织的，而许阿姨家的枕头上、门帘上的花都是母亲绣的，还有很多新款布料和毛线都是许阿姨托上海的亲戚寄来的。

有一次，我在学校发现自己和同班同学小燕撞衫了——我们俩穿的裙子一模一样。原来，我的裙子是小燕的父亲去北京出差时买的。谁叫我们的父亲是同事呢？此后，我们便心照不宣地亲近起来，成了无话不谈的好朋友。父母其他同事的孩子，也大多和我成为朋友。记得每次跟父母去车间，我都仿佛进入一个异度空间，机器、齿轮、车床，飞溅的火花和机器的轰鸣声，这些曾让我感到畏惧的事物，因为有新结交的小伙伴相伴同行而变得有趣。从此，车间门口的钢筋下弦杆成了我们的游戏器械，废弃的零件池成了我们的百宝箱。在厂区孩子的心目中，还有什么比混凝土花池、红砖墙面、水塔和烟囱等更令人心潮澎湃呢？

在那个晚上有着灿烂星空、白天能望见连绵伏牛山的厂区，我每年春天和同学们一起上山摘桃花，夏天和邻居家的小伙伴一起游泳，在车间结识的小姐姐曾经给我摘紫色的野葡萄和红色的野草莓，邻家哥哥曾经教我在坡道上滑冰。

上学时走过的绿色田野、爬过的小山、蹚过的小河，因为小伙伴的陪伴，都成为我生命中生动而绚丽的记忆。

记得我们全家离开云光厂之前，大家轮流请我们到家里吃饭。就这样一家家吃下来，足足持续了一个月，那种依依不舍的情感，朴实又深切。临行前一晚，我们住在赵叔家。他的小女儿毛三正值黏人的年龄，每次我去赵叔家玩耍完回家时，她都依依不舍哭着不让我走。这次终于有机会跟我挤在一张床上，她高兴得合不拢嘴。可是，一想到天亮后我就要离开这里，她便不由得伤心哭泣。

第二天，送行的大人们拉着我父母的手，一个个眼眶都是红红的。载着我们的车子开动的时候，我看见车下的毛三追着车跑啊跑，早就哭成了泪人。赵叔追上来隔着车窗想跟我们交代点什么，却哽咽着说不出话。王阿姨笑着挥手，眼泪像断线的珠子一样滚滚而下。我的几个同学也来了，少男少女们迎着朝霞，眼睛里盈满泪水。

  这个情景多年后我回味起来，甚至觉得有些荒诞。只因如今人们越来越吝惜自己的情感、吝于表达，城市里密集的人群，物理距离那么近，心灵距离却那么远。相形之下，我小时候的岁月如此平静而幸福，如此珍贵。那种纯净而浓郁的邻里之情，可能是那个百废待兴的工业年代所特有的，人与人之间的深情厚谊，就像遇到充沛的阳光和雨水的鲜花一样盛开着，纯真而丰盛，朴素又醇厚。

  在此后的人生中，无论遭遇多少失败和失望，我对人性的信任始终没有垮塌。因为年少时的山区生活，仍在默默地支撑我，让我相信自己还有能力去感受爱，还敢于为别人付出。人与人之间的情感，是一股最能滋养生命的源泉，就像那些年我们为彼此流过的眼泪，真挚而温暖。

（摘自《读者》2022 年第 3 期）

爱的天平

蔡 怡

立玫的儿子在加州大学攻读博士学位时，和同学赁屋而住，每月房租八百美元，从他的全额奖学金中扣除。

彼时，立玫与先生因工作关系长居中国台湾，但公婆与夫家亲人都在旧金山。为探亲方便，他们在儿子学校附近置一"落脚处"，准备先出租，并用租金贴补部分房贷。

此时，儿子提出要求，念博士学位是长期的过程，与其付房租给外人，不如住自己家，房租照付八百美元。立玫买的公寓比儿子原来租的大且好，有两间卧室，平日只住儿子一个人，对儿子来讲也很划算。如果亲情可以用爱的天平来衡量，这算是一种双赢的局面。

原本母子间的口头约定是九月起租，但儿子五月就提前搬了进来，而且把立玫夫妇原本布置好的沙发桌椅全部大变样。儿子说，房客才是长住的人，应该以他的舒适为优先考量的条件。立玫接受了这个还算合理的要求。

九月以后，立玫终于看到房租进了银行账户，内心甚是欢喜。但她只开心了半年，就没有下文了。她在每周一次和儿子的越洋热线中迂回问起，回复是，儿子的奖学金扣除房租后所剩无几，平日只能靠速冻食品果腹，不利于身体健康。儿子问："妈，你舍得让我吃垃圾食品吗？"立玫当然舍不得，从此她房贷照付，但没了房租贴补。

在爱的天平上，父母似乎注定要做输家，立玫默认了。

身为房东，收不到房租不打紧，伤脑筋的是，立玫夫妇每年造访旧金山，推门踏入"落脚处"，发现桌上、地上，到处都散布着儿子的衣裤、袜子、文件、CD，还有旧报纸、空瓶子，他们简直找不到一个"落脚处"。

几经沟通，儿子才把"乱象"缩回自己的房间。这次交锋，立玫夫妇算扳回一局。

岁月在不知不觉中流逝。十五年后，立玫夫妇双双离开职场，逐渐步入初老。反观当年靠奖学金过日子的儿子，事业直线上升，近年更转战美国 3C 企业，在公司做了大数据分析主管，一个人的收入比当年立玫夫妇全盛时期薪水的总和还要高出许多。靠退休金过日子的立玫夫妇在欣喜骄傲之余，差点忘了这个未婚、没有任何负担的大主管儿子，还在他们的"落脚处"享受学生时代房租全免的大优惠呢。

父母为儿女付出一切天经地义，但要从儿女手中讨些回馈，就要看平日的教养与智商、情商的运用了。

一向是家中"领导"的立玫丈夫，此时自认口才与脾气都不够好，选择"让贤"，把烫手山芋丢给立玫处理。所幸，立玫脾性稳定，虽然和儿子隔着太平洋，但一直借电子邮件、聊天软件互动。她从不说教，只是付出鼓励与支持，和儿子像是朋友，关系良好。到了关键时刻，她动之以情，晓之以理，把练习了好几遍的需求内容，在聊天软件上向儿子婉转地提出。

幸亏她聪明的儿子一点就透。为了让父母安心，他先付清了未来两年的房租，还很懂事地补一句："谢谢爸妈让我免费住了这么多年。"

立玟要求的房租比十五年前多了，但还是比外面便宜四分之一，这又恢复了当年双赢的局面。

人生如钟摆，也如坐跷跷板，超过某个定点，角色将易位，高低会互换。父母照顾儿女之心虽然从未改变，但人到老年，财力、健康均处于劣势，生活成本偏又高涨。此时做父母的不必逞强，也不必害臊，就学立玟大大方方地向儿女示弱，说出现实中的需求。相信我们用心调教出来的儿女，自会衡量情势，拿捏分寸，表达出他们对父母的感恩之心，在爱的天平上量力加码。

（摘自《读者》2019 年第 11 期）

做自己才是最重要的事

米　粒

　　早年当班主任的时候，我接触过一个"问题生"，叫小敏。其实她成绩很好，是班里的尖子生，文科、理科样样精通。每个课间都见她捧着一本厚厚的书，如饥似渴地阅读。就是这么优秀的一个人，却很少和同学互动。慢慢地，大家开始在背后叫她"梅花"，因为觉得她傲雪凌霜，实在太高冷。

　　能明显感到，刚开始她还有点儿尴尬。比如谁都不愿意和她在一个组讨论问题，因为她不说，大家很少能想到答案，可她说了，她就变成全场的焦点。所以每一次落单，小敏都显得有些不自在，这种不自然又助长了大家对她的审视和苛责，久而久之，小敏也就没有融入集体的意愿了。

　　在那时候，这属于一个挺大的问题。因为我们的教育讲究尊重老师，团结同学，一定要有集体观念。每次见她一个人进进出出，单独行动，老教师们都会善意地提醒我："人啊，是群居动物，怎么能不合群呢？其他人都能融入，为什么她不能？难道是集体的问题吗？"

我顶着压力决定找小敏谈一次。那天放学，我看她一个人在教室里埋头拖地，就走过去问："小敏，你们组的其他人呢？"小敏忽然仰起下巴，很快又摇了摇头，继续埋头拖地，不再说话。

我和她一起收拾完教室，就拉着她来到洒满夕阳的操场。其实那时候找她谈话，不仅仅是出于班主任的关心，我更想知道一个13岁的孩子，是不是真的有勇气和孤独较量。

现在回想起来，我的开场白有点儿不自然。我们先交流了最近看的几本书，其中她提到了美国作家理查德·耶茨的《十一种孤独》和威廉·戈尔丁的《蝇王》。然后我小声地问她："每天看书辛苦吗？在学校的时候快乐吗？"

小敏思考了几秒，坦言一开始觉得有些别扭，也尝试在课间放下书本，和同学们一起玩耍。可她根本不知道其他人嘴里说的那些明星，即使想说，也插不上话。小敏笑着说："我曾问自己，放下书，去和同学聊那些不感兴趣的人和事，我能坚持多久？一天，一周，还是一个月？可那样的我，还是我吗？后来，我就想通了。每个人的人生都不一样。别人已经有人做了，我还是安心做自己吧。"那天的小敏，从容自若地走在暖洋洋的阳光里，微闭着双眼，周身都是温柔的余晖。这么多年过去了，这一幕始终让我难以忘怀。

所以，我们真的很难用世俗的观点去界定每一种鲜活的人生。你喜欢高朋满座、歌舞升平，并不代表孑然一身、离群索居就一定不好。人的机体对外界环境的改变非常敏感。天气热了，就会脱衣纳凉；温度低了，就会添衣保暖。而我们的心理更是如此。因为每个人的家庭、性格、爱好不同，所以自身的频率、波段就不同。

喜欢打牌的人自然爱找牌友，碎嘴八卦的人就喜欢扎堆聊天。当外界环境对你是一种滋养的时候，你肯定会义无反顾地投身其中，但如果周围人的价值观和你的格格不入，那你完全可以大大方方地排除干扰，坚持做自己。

前段时间，有一位谷歌首席科学家突然火了。她叫李飞飞，是全球十大顶级科学家之一，也是斯坦福大学最年轻的终身教授，在顶级计算机期刊上发表了 100 多篇学术论文。而她的人生经历，恰好告诉我们，做自己喜欢的事，比什么都重要。

1999 年，李飞飞大学毕业，就业形势一片大好。她同时得到了麦肯锡和高盛等华尔街多家机构的邀请，却为了心中的梦想只身去西藏研究藏药，因为她从小就坚信，了解中医和藏药是了解中国文化的一个重要入口。她不愿让自己的梦想搁浅。就这样，李飞飞一直坚定地走在自己选择的道路上。几年后，她再次放弃了华尔街的高薪工作，毅然决定读博，而且选择的是人工智能和计算机神经科学专业。李飞飞说："这么多年的经历告诉我，眼睛看到的前方应该是空旷的，我们必须找准自己的方向。"

我们生长在同一片蓝天下，我们面对的是同一个世界，同一个地球。可是这相同的世界在每一个生命面前又都是如此的不同。出身与教育造就了性格，性格决定了观念，观念又生成了思维方式。

所以，我们每个人都有自己独特的视角和个性化的表达。每一种思想都会有人支持，也会有人反对。就像同样的城市，既会有人喜欢，也会有人讨厌。每个人都在用自己的观点和立场与这个世界不断地碰撞，在这一点上没有高下和对错，只有选择和取舍。

杨绛先生曾说:"我们曾如此渴望命运的波澜,到最后才发现,人生最曼妙的风景,竟是内心的淡定与从容。我们曾如此期盼外界的认可,到最后才发现,世界是自己的,与他人毫无关系。"

你应该合群,你应该结婚,你应该生个孩子,你应该像别人一样……这些话无论是假意还是真心,都只是别人的意见。我们完全没必要因为害怕孤独而强迫自己置身于某个圈子,把时间和情绪交由他人去挥霍,去引导。

正如我喜欢的一位作家所说:"活着的使命绝不是尽量让更多的人接受自己、喜欢自己。活着,是为了不断找到那些真正有趣的事,做一个绝不完整但十分精彩的人。"说到底,这世界只有一种成功,那就是用自己喜欢的方式,畅快淋漓地过一生。

(摘自《读者》2022 年第 17 期)

爱心不被辜负

金 珠

2017 年 9 月 3 日，正在学校忙着接待新生的赵瑛杰接到 5 岁女儿打来的电话："妈妈，我的腿好疼，你快回来好不好？"原来，当天女儿上完舞蹈课，老师说孩子跳舞时摔了一跤，回家的路上孩子就一直喊腿疼，现在腿都肿了。赵瑛杰听了大惊失色，赶紧请假回到家里。

见到女儿的那一刻，赵瑛杰没料到孩子竟伤得如此严重，两条腿软得像面条，大小便失禁，还伴有腹部阵痛。由于女儿跳舞时家长只能在外面等候，丈夫也说不清究竟是怎么一回事。赵瑛杰心里自责不已：以往都是自己接送女儿，今天因为学校开学就让丈夫去接送，不承想竟出现这样的意外。

赵瑛杰和丈夫赶紧把女儿送到离家最近的医院。可是由于是周日，大部分医生都不在。拍了 CT，医生诊断孩子是骨折。看着女儿虚脱无力的样子，出于一种母亲的预感，赵瑛杰不相信仅仅是单纯的骨折。第二天，他们又把女儿转到另一家医院，这次，确诊为胸椎无骨折脱位性脊髓损伤。医生告诉她，孩子有可能下半身终身瘫痪。如同晴天霹雳，赵瑛杰半天没缓过神，看到身上插着尿管，躺在病床上缩成小小一团的女儿，她心如刀绞。

担心再次延误孩子的病情，赵瑛杰和丈夫连夜带女儿赶赴北京治疗。然而在北京儿童医院，医生还是告诉赵瑛杰，孩子完全康复的可能性很小，只能看运气，而且后期治疗费用无法估计。

只要能治好女儿，赵瑛杰不愿放弃任何机会。经过一番周折，孩子在医院住了下来。面对接下来漫长的治疗，赵瑛杰第一个想到的就是卖房，但是房屋出售并不顺利。就在她一筹莫展之际，赵瑛杰所在的东北石油大学伸出了援手，一些学生也建议老师在众筹平台发起募捐。对于这个建议，赵瑛杰犹豫不决。之前，她生活虽然不富有，但也不至于穷困潦倒。面对别人的求助，她总是慷慨解囊，自己平生从不求人，如今要别人给她捐款，她无论如何也开不了口。学生们劝她："老师，你还犹豫什么啊！一旦没钱，医院就会拒绝治疗，再说，你现在是真的有难，为什么就不能接受好心人的帮助呢？治病要紧啊！"赵瑛杰沉默了。

第二天，赵瑛杰去医院看女儿，儿童医院的重症监护室与外界隔离，一周只有一两个小时的探视时间。每次到了探视时间，她都会早早坐在门外的楼梯口等候。那天，她趁保安没注意提前溜了进去，趴在监护室外的玻璃上往里看。孩子还睡着，孤零零地躺在病房中一个小角落里，好像刚哭过，脸上还有未干的泪痕。那一刻，赵瑛杰再也无法控制自己，任泪水在脸上肆意流淌。她决定接受捐款。

就算是接受捐款，赵瑛杰也不想一直接受别人的帮助，她根据孩子住院第一天花费 2 万元的标准定了一个目标金额为 60 万元的募捐，只希望大家帮她度过一个月的困难期，至于以后的花费，绝不能再求助于他人。筹款前，赵瑛杰在心里暗暗承诺：不到万不得已绝不动用善款，若真有一天孩子病情稳定、康复有望，我必将返还或转捐全部善款。

2017 年 9 月 6 日晚，赵瑛杰将筹款信息发出，到第二天上午，就筹得 59.8319 万元捐助。

按照赵瑛杰的意愿，筹款平台直接将钱打入北京儿童医院的就医账户，专款专用。与此同时，赵瑛杰自己也开始不断往该账户中打钱，账上的 60 万元一直处于动态平衡中。

缓解了资金问题，赵瑛杰开始着手追查女儿受伤的真正原因。当时舞蹈老师说孩子是跳舞时摔倒受伤，可看孩子的现状，她不相信是摔了一跤那么简单。经过与舞蹈学校的多番交涉，赵瑛杰终于看到了当时的监控。从录像中看到，当天女儿在完成舞蹈老师要求的下腰、后桥等高难度动作时摔倒在地，老师不仅没有及时让孩子平躺并告知屋外的家长，还搀起女儿继续做了 6 次深蹲。随后，又根据课程安排，继续要求女儿做了 5 次向前下腰和两次倒立。整个过程中，孩子一直在哭，走路的时候踉踉跄跄，小手不停地敲打背部，看上去非常痛苦。赵瑛杰气得浑身打战，她斥问舞蹈老师："孩子都伤成这样了，你们到底有没有人性？"面对质问，舞蹈老师强词夺理："你家孩子本来就有病，这些跳舞动作别的孩子也在做，为什么偏偏你家孩子受伤？"这话彻底激怒了赵瑛杰："我必须让证据来说话，一定要给孩子讨回公道！"

2018 年 9 月 3 日，在经历了诉讼、开庭及选择鉴定机构、取证、提交相关材料、组织鉴定机构听证会、两次查体等多个环节后，赵瑛杰终于拿到了权威鉴定机构出具的司法鉴定意见书。鉴定书中明确指出："被鉴定人脊髓损伤与其摔伤及练习下腰动作存在直接的因果关系，参与度为完全作用。"有了这份鉴定，完全可以证明孩子受伤与舞蹈课操作不当存在直接关系，她也可以理直气壮地继续进行下一步维权。当天，赵瑛杰就决定兑现当初的承诺，全额返还近60万元的善款。

网络筹款平台工作人员接到赵瑛杰退款的请求后，非常吃惊，因为受捐人主动要求退还捐款的事从未发生过。他们反复询问、确定，赵瑛杰说："孩子病情现在已基本稳定，后期的治疗我相信自己有能力应付。救急不救穷，所有的善意和爱心都应该被珍视，而不能被辜负。"

捐出去的钱又都悉数退了回来，网友们感到非常奇怪，等明白了是怎么回事，大家既感动又感慨。赵瑛杰收到来自四面八方的称赞，一个网友在她的朋友圈写道："我虽然与你素不相识，当初捐款，也不过是想为孩子尽一份微薄之力。没想到你的行为给了我们最深的感动，谢谢你让我们愿意再次相信他人。善款事小，处世之道令人敬佩！"

对赵瑛杰来说，女儿目前的康复状态更令她欣慰。经过一年多的治疗，孩子已经能站立起来，并简单行走，身体的其他机能也在慢慢恢复中。对他们一家人来说，这个"寒冬"终于要过去了。

（摘自《读者》2019年第4期）

云朵没有消失

杨 楠

失语前一年，一行禅师在梅村主持夏季修行时，一个女孩上台向他提问："我的小狗死了，我很伤心。我不知道怎样才能不伤心。"

台下众人发出善意的笑声。一行禅师则一如往常，面容温和，认真地说："这个问题很难。假如你仰望天空，你会看到一朵美丽的云彩，你非常喜欢那朵云彩，但它突然不见了。你深爱的云朵去哪里了呢？如果你花时间去思考，你会发现云朵并没有消失。云朵变成了雨水，当你看到雨时，你就看到了你的云朵；当你喝茶时，雨水在你的茶水里，你的云朵也在茶水里。你会说，你好，我的云朵。"

女孩笑了起来。一行禅师望着她继续说："云以一种崭新的形态活着，小狗也是一样的。如果你看得够深入，就会发现，你的小狗变成了新的形态。"

2016 年，一行禅师在《世界中的家》里谈到自己的死亡："我的身体会消失，但我的行为会延续。如果你看向我的朋友，你就能看到我的延续。当你看到有人带着正念与慈悲行走时，那或许就是我的延续。我不明白为什么我们非得说'我要死了'，因为我还可以在你、在别人、在后代身上，看到我自己。

"云不会死亡，它会变成雨或者冰，但不会消失，我永远不会死亡，尽管我的身体会消失，但那并不是我的死亡。"

（摘自《读者》2022 年第 10 期）

这一刻，我是寂静的

余秀华

　　火车突然停了下来，在一个陌生的小站。很小的一个站台，几个修路的老年人把铁锹插进土里，对着车上的人笑着、猜测着。这样的猜测给了这些常年在深山生活的人一些趣味，从他们瘦削的、皱纹密布的脸上，一缕缕笑飘了出去，在一盏昏暗的灯光下让人觉得恍惚。小站外面就是陡峭的山沟，如果谁在路边一个恍惚掉下去，准没命。我们眼里的风景，哪一处不隐藏着危险？想想我们的人生也是如此，看起来四平八稳的日子，不知道哪天就一声惊雷。从车窗向外远望，就看见对面山上一处小小的、昏黄的灯火，小心翼翼又满怀信心地嵌在半山上。但是如果从这个地方走过去，又不知道需要多久，要经历怎样的困难——实际距离远远超出我们以为的距离。

　　就在这个时候，我突然看见挂在天上的一片星星。它们出现得很突兀，仿佛一下子从天空里蹦出来挂在那里的，那么大，那么亮。它们的光把黑漆漆的天空映蓝了，黑里的蓝，黑上面的蓝。我的心猛地颤抖起来，像被没有预计的爱情突然封住了嘴巴。在我们横店村，也是可以看见星星的，在我家阳台上就能看见它们，但是我已经许久没有在阳台上看星星了。一个个夜晚，我耽搁于手机里的花边新闻，耽搁于对文字的自我围困，也耽搁于对一些不可得的感情的纠缠……已经很久没有看星星了。

但是此刻，在这崇山峻岭之间，在这与家乡阻隔了千山万水的火车上，我欣喜地看到这么多、这么亮的星星。我几乎感觉到星光的流动，它们互相交汇又默默无言。我在这些不知道名字的星星的映照下，几乎屏住了呼吸——我的一次呼吸就像一次破坏，如果这个时候我说一句话，那几乎是不可思议的事情，也幸亏身边没有可以说话的人。

这一刻，我是寂静的，身边的人变得无关紧要：我不在乎他们怎样看我，也不在意我脸上的表情是不是让他们觉得奇怪——这些，仿佛成了一个生命体系中最可以忽视的东西，但是我曾经那么在意。我不祈求同类，也不希望被理解，可我竟然还是那么在意过，这实在是一件悲伤的事情。这星空，这大山，把一列火车丢在这里，如此随意。火车上，即使戴着光环的人，也同样被遮蔽在大自然的雄伟里。想想，不出几十年，这些人，包括我，将无一例外地化为尘土，但是大山还在，从大山上看到的星空还在。想到这里，我感到喜悦，一种永恒的感觉模模糊糊地爬遍全身。而我，我受过的委屈，我正在承受的虚无，也化为一粒尘土。我们向往荣誉、名利、爱情，这些都是枷锁，是我们自愿戴上的枷锁，也是我们和生活交换一点温暖的条件，是我们在必然的失去之前的游戏。

火车停的时间不长，但是望星空已经足够了。能看到这样的星空，真好。当然，星空一直在那里，是我们自己遮住了自己的眼睛。我们在一次次的跋涉里不知道自己的去向，后来也忘记了自己的来处，但是去向和来处都还在，它们不会消失，只差一个转身就能看见。想到这里，温暖渐渐覆盖了内心的荒凉。

（摘自《读者》2019 年第 14 期）

春 软

盛 慧

　　三月，阳光还是稚嫩的，草木带着清纯、甘甜的气息，吸一口，心里就甜丝丝、清亮亮的。在无边无际的旷野里，小花正在绽放，露出好看的小牙齿，像一群叽叽喳喳的小女孩，讨论一块新买的鲜蓝布料。村庄的样子已经与上个月迥然不同，光线要多明亮就有多明亮；错落的房舍就像刚洗过澡一样，精神抖擞，露出雪白的身子和乌黑的头发；门上的红对联，像口红一样鲜艳。门口的场院上还晾晒着过年时留下的年货，那些腌过的肥肉，像盐一样晶莹，看一眼就让人心满意足。风像棉花糖一样柔软，拂在脸上，又满是羞涩地散开了。

　　上午的风，还带着些许凉意，到了中午，就暖和了许多，懒洋洋的，就像一个喝醉的人，走着走着，闭上了眼睛，找不到方向了。寂静无边无际，只有轻微的"嗡嗡"声。小虫子正挥着翅膀，在草丛间忙碌。河水的颜色不似冬日那般凝重，浅绿浅绿的，显得很欢快。它拍打着小船，像母亲一样，一边唱着催眠的小曲儿，一边拍打着熟睡的婴孩，满目深情。鱼儿们成群结队地从河底游到水面，享受着阳光的抚摸。村子里的小路，现在仍然铺满碎金子般的阳光，但过不了多久，就会被浓密的树荫所遮盖，这树荫会变得越来越深，越来越暗，把明亮的小路变成幽暗的隧道，把我们的村庄变成黑漆漆的酒窖。

下午的村庄，就像一只空空的箩筐，除了风和蝴蝶，村子里没有任何来客。老妇们坐在场院上晒太阳，她们的身子就像潮湿的床单，需要在阳光下反复晾晒。她们手里并没有闲着，有纳鞋底的，有补衣服的，有织毛衣的。她们谈论着陈年旧事，谈论着逝去的人儿，语气平淡，却有一种清淡的芳香，就像夹在书页中的花瓣。

像一段早已熟悉的优美旋律，黄昏终于来临。这是孩子们最欢喜的时刻，在玫瑰色的光线下，他们像小狗一样欢快。他们开始捉迷藏，隐藏与寻找让他们获得难以言说的快慰。他们隐藏在门背后，隐藏在草堆中，隐藏在木橱里。他们隐藏在村庄的幽暗处，隐藏在那些年迈苍凉的褶皱里。一阵阵的嬉笑声，一不小心就会惊醒那些沉睡的幽灵。

天色暗了下来，村庄开始变得模糊，远处的群山消失了，接着是门前的河流，最后，村庄像被啃完的骨头，只剩下浅浅的轮廓，让人觉得既熟悉又陌生。喧闹的声音也渐渐变小，村子里走动的人越来越少，就像一场戏已经散场，村庄中央的池塘和晒谷场，空旷得令人忧伤。偶尔传来有人赶鸭子回家的吆喝声，也和炊烟一起被风吹散了。夜色更重了，银子一样清凉的小月牙，刚一出现，就被云朵紧紧抱在了怀里……村庄像被一辆马车悄悄载走了，越来越远，越来越远。

与虫混战的日子

蔡志忠

二哥蔡高雄小学毕业后，便到台北当学徒。那年冬天的一个傍晚，母亲在厨房煮饭，我坐在炉灶前帮忙把柴火丢入灶中。二哥忽然从台北回家，蹲在灶前不发一语。

母亲说："台北工作怎么样啊？生活习惯吗？"

二哥默默不语，红了眼眶。母亲接着问："我托你堂哥带棉被给你，听说你拿到棉被便开始哭，到底怎么回事？"二哥突然哭起来："原本我已经和老板讲好，要回家拿棉被，堂哥却送来了，我就不能回家了啊！"二哥说完，又开始哭，原来他想家想得紧，一心想逃离台北，借故回家。

三年级暑假，家中接到一封来自台北的电报："雄，车祸，父母速来。"

父母急急忙忙坐火车去台北。原来二哥在台北水电行工作时，骑自行车送货，在赤峰街平交道的坡上，被一辆人力三轮板车撞了个正着，内脏严重受损，生命垂危，必须立刻动开腹手术。母亲留在台北医院看护二哥，父亲赶回彰化向亲友借了4万元，又急忙赶去台北。

此后3个月，父母都在医院全心照顾二哥，偶尔回彰化来，也只住一天就急忙离去，生怕二哥的病情随时发生变化。

第一次开刀，二哥病况仍不稳定。医生立刻开第二次刀，二哥却依然在死亡边缘挣扎。

第三次开刀时，二哥的身体状况已经无法打麻醉剂，只好无麻醉开刀，听说他有如来自地狱的惨叫声震动了医院整栋大楼。可怜的二哥，肚皮上留下了3条长疤，每一道疤痕都长达20厘米。

父母将家中所有的钱都用来抢救二哥了，没留下一分生活费给我们姐弟三人，更别说零用钱了。漫漫3个月，我和大姐、妹妹三人相依为命，自己料理生活起居。唯一能依靠的是：一缸白米、几瓮豆腐乳及酱瓜。

我大嫂是秀水乡富豪的长女，娘家经营酱油工厂。除制作酱油，也利用制作酱油的豆瓣生产豆腐乳和酱瓜。自从大哥结婚后，我们家中的酱油、豆腐乳、酱瓜就从未缺过。

姐弟三人苦守家园的日子正逢梅雨季，天天下小雨，白米长米虫，酱油、豆腐乳、酱瓜也都长满肥胖蠕动的蛆，看起来很可怕。

整瓮白米都生满了约一厘米长的黑色小虫，淘米时无法筛干净，煮成饭后，上面密密麻麻爬着几百只小虫，看起来挺吓人；煮成稀饭，虫子会漂浮在上面，要用勺子捞干净。

这3个月我们每天吃稀饭，配豆腐乳和酱瓜。我与姐姐对瓶子里的虫子不在意，妹妹则要我们替她挑选方方正正、没被虫子咬过的豆腐乳，她才敢吃。

3个月后，二哥健健康康地回到家乡，大家都感到欣喜万分。走在他后面拎着衣服杂物的父母，开朗的笑容背后是掩不住的疲惫，双颊明显凹陷下去，看起来好像老了好几岁。

我知道父母度过了一段精神与体力极度耗竭的岁月，而二哥也真的没有辜负这段少年时期父母对他的悉心呵护。在父母过世之前的十几年岁月里，他是我们兄弟姐妹五人当中，真正照顾双亲到老的孝子。而我只是名义上给父母增添光彩，实际上是华而不实的角色。这印证了父亲常说的一句话："有能力的子女飞上天，没能力的子女留身边。"

我们姐弟三人只靠一缸白米和几瓮豆腐乳及酱瓜，没花一块钱度过3个月的那段日子，也让我对钱有了新的认识："过多的钱只是为了满足对财富的贪欲，不是为了生活。"

（摘自《读者》2019 年第 6 期）

我接受命运，但怀疑生活

余 华

我们一边"丧"着，又一边"燃"着地马不停蹄。走着走着，时常忘了自己。

有一天，突然停下回望，看到一个人，在"正确"的年纪娶了"合适"的女人，干着"稳定"的工作，过着"美满"的生活……

咦，怎么是自己？我的笑容怎么那么客套？肢体怎么如此僵硬？

噢，原来我的心在这里，不在"那个自己"的身体里。那个我，走了一条"约定俗成"的路。

我接受命运，但我怀疑生活。我不想活成别人，我只想在离世时，成为全世界唯一的自己。

没有什么比时间更具有说服力了，因为时间无须通知我们就可以改变一切。

最初我们来到这个世界，是因为不得不来；最终我们离开这个世界，是因为不得不走。

以笑的方式哭，在死亡的伴随下活着。

作为一个词语，"活着"在我们中国的语言里充满了力量。它的力量不是来自喊叫，也不是来自进攻，而是来自忍受，去忍受生命赋予我们的责任，去忍受现实给予我们的幸福和苦难、无聊和平庸。

人是为活着本身而活着，不是为了活着之外的任何事物而活着。

人类无法忍受太多的真实。

做人不能忘记四条：话不要说错，床不要睡错，门槛不要踏错，口袋不要摸错。

一个人的命再大，要是自己想死，那就怎么也活不了。生的终止不过是一场死亡，死的意义不过在于重生或永眠。死亡不是失去生命，而是走出时间。

做人还是平常点好，争这个争那个，争来争去赔了自己的命。像我这样，说起来是越混越没出息，可我寿命长。我认识的人一个挨着一个死去，而我还活着。

作家的使命不是发泄，不是控诉或者揭露，而应该向人们展示高尚。这里所说的高尚不是那种单纯的美好，而是对一切事物理解之后的超然，对善与恶一视同仁，用同情的目光看待世界。

检验一个人的标准，就是看他把时间放在哪儿了。别自欺欺人，当生命走到尽头，只有时间不会撒谎。只要一家人天天在一起，也就不在乎什么福分了。

人老了也是人，是人就得干净些。

人要是累得整天没力气，就不会去乱想了。

　　人都是一样的，手伸进别人口袋里掏钱时眉开眼笑，轮到自己出钱了一个个都跟哭丧一样。

　　人死像熟透的梨，离树而落，梨者，离也。

　　生活是属于每个人自己的感受，不属于任何其他人的看法。

　　被命运碾压过，才懂时间的慈悲。

　　凭什么让我放着好端端的日子不过，去想光宗耀祖这些累人的事。

　　在中国人所说的盖棺定论之前，在古罗马人所说的出生之前和死去之前，我们谁也不知道在前面的时间里等待我们的是什么。

　　只要人活得高兴，就不怕穷。

（摘自《读者》2019 年第 11 期）

房东与房客

梁实秋

　　狗见了猫，猫见了耗子，全没有好气，总不免怒目而视，龇牙咧嘴，一场格斗了事。上天造物就是这样，相生相克，总得斗。房东与房客，其间的关系也是同样的不祥。在房东眼里，房客很少有好东西；在房客眼里，房东根本就没有一个好东西。利害冲突，彼此很难维持人与人之间应有的和气。

　　房东的哲学往往是这样的："来看房的那个人，看样子就面目可疑。我的房子能随便租给别人？租给他开白面房子怎么办？定要找个稳妥的才行。你看他那个神儿！房子的间架矮哩，院子窄哩，地点偏哩，房租贵哩，贬得一文不值，好像是谁请他来住似的！不合适你不会不住？住了没有几个月，房子被糟蹋得不成样子。唉，简直是遭劫！房租到期还要拖欠，早一天取固然不成，过几天取也常要碰钉子，'过两天再来吧''下月一起付吧''太太不在家''先付半个月的吧''我们还没有发薪哪，发了薪给你送去'……也有到时候把房租送上门来的，这主儿更难缠，说不定他早做了二房东。他怕我去调查。租人家的房子住的，有几个是有良心的？"

房客的哲学又是一套："这房东的房子多得很，'吃瓦片儿的'，任事不做，靠房钱吃饭。这房子一点儿也不合局，我要是有钱绝不租这样的房子。我是凑合着住。这个月我迟领了几天薪水，房东就三天两头儿地找上门来，好像是有几年没付房钱似的，搅得我一家不安。谁没有个手头儿发窘的时候？房钱错了一天也不行，急如星火。可是那天下雨房漏了，打了八次电话，他也不派人来修，把我的被褥都弄脏了，阴沟堵住了，院里积了一汪子水，也不来修。门环掉了，都是我自己找人修的。这样的房客你哪里找去？"

这还是承平时代的情形。在通货膨胀的时代，双方的无名火都提高了好几十丈，提起对方的时候恐怕牙都要发痒。

房东的哲学要追加这样一部分："你这几个房钱够干什么的？你以后不必给房钱了，每个月给我几个烧饼好了。一开口就是'老房客'，老房客就该白住房？你也打听打听现在的市价，我的房租不到市价的十分之一，人不可没有良心。你嫌贵，你到别处租租试看。你说年头不好，你没有钱，你可以住小房呀！谁叫你住这么大的一所？没有钱，就该找三间房忍着去，你还要场面？你要是一分钱都没有，就该白住房吗？我一家子指着房钱吃饭哪！你也不是我的儿子，我为什么让你白住？"

房客方面也追加理由如下："我这么多年没欠过租，我们的友谊要紧。房钱不是没有涨过，我还主动地给你涨过一次呢。人不可不知足。你要涨到多少才叫够？我的薪水也并没有跟着物价涨。才几个月的工夫，又喊着要涨房租，亏你说得出口！你是房东，你不知没房住的苦，何必在穷人身上打算盘？不用废话了，等我的薪水下次调整，也给你加一点儿，多少总得加你一点儿，这个月还是这么多，你爱拿不拿！"

房东和房客就这样熬着。世界上就没有人懂得一点儿宾主之谊，客客气气，好来好散的吗？有。不过那是在"君子国"里。

（摘自《读者》2020 年第 18 期）

老船上岸

阿 占

　　一条二十年的老木头船，用凶恶的风浪刻了文身，布满杀伐之气，就像那些久经沙场的武王。现在，它被搁置在早春的岸滩上，正午时分，若靠近船身，能听见喑哑低闷的声音从深处传来——榫卯彻底相离，绝响四起，这是它生命里最后的动静。

　　"咔吧"一声，榫卯相扣，这是新船才有的资格。新船和新房子一样。从前新盖的大木梁架结构的房子，房架上的柁没完全装到位，经过人一段时间的居住，被烟火气焐热了，被人的呼吸落实了，会发出"咔吧"一声。因为新，边簧和边槽之间即便较着劲，仍不会开裂和变形。

　　老船恰恰相反，响起来的，是散了架的声音。一声成谶，便已是归天的征兆。

　　再看老船，好像被烧刀子泡过，泛青，泛蓝，泛黄，泛灰，泛白，泛一切天翻地覆的狠颜色。烧刀子是什么？因为度数高、味浓烈、似火烧而得名。渔把式们都知道，烧刀子之烈，遇火则烧。入口如烧红之刀刃，吞入腹中则燃起滚滚火焰。出海打鱼，在冰冷的海上，就是依仗着这一种浓烈，渔把式们才能找回存在感。

渡海的老船，当年渡的是苦难、渡的是艰险，能够从这些中间抽身而过的，怕也只有仁慈了。老船身上的每一块木头都有灵性，早就成了雷电的一部分，成了风暴的一部分。老船曾经对主人说过，如果有一天老了干不动了，要将它留在大海上，让它随风浪漂泊，逐渐解体。或者在某个瞬间被风浪与礁石夹击得粉碎，转眼沉入海底，成为深蓝的深处——这些都可以让老船拥有从出生到死亡一直属于大海的荣耀感。死于大海，老船相信还会有来世。最不济，也要拥有滩涂的一隅，对死亡保持觉知。潮汐涨落，时间显示出不动声色的力量，生命之光与死亡阴影重新融合，流沙如软金，覆盖了所有的秘密。

主人肖老大没有背叛老船。在渔村，老船不能用了，拆卸变卖是约定俗成的，十个船老大中有九个都会这么做——头颅被拆分下来，卖给流动的小贩，改造成简易住房；躯体卖给家具商，经过打磨上漆，以老船木的噱头炒卖；心脏和大脑卖给收废铁的，与废弃的易拉罐混为一堆……大多数船老大都希望那些驾驶舱、发动机和螺旋桨能卖个好价钱，除了肖老大。他知道老船不想这样死。身经千难万险，最后落得变卖残骸，这样的过程比结果更疼痛。死亡最可怕的地方不在于丢失未来，而在于没有了过去。唯肖老大与老船惺惺相惜。

不过是一条渡海的破船，留着干什么？人们不解地问，包括肖老大的儿子。肖老大陡然大怒，在儿子脸上甩了一个巴掌。

回想起海上的苍茫日夜，一切背景都简化了，都退后了，只剩下孤独的海平线。肖老大和老船始终没有发现岸，他们固守着心中的石头，彼此默契。来了好潮水几天几夜不能睡觉，要趁着潮水的浪峰抢鱼。在风口浪尖，他们一起扯着嗓子吼起来。肖老大到死都不会忘记，有一年的农历九月初五，早晨出海时还是漫天的胭脂彩霞，到了中午海就怒了，眨眼的工夫，云层如灌满铁铅，越来越厚，沉沉地碾压而过。肖老大从没见过这么逼仄的天空，他感觉快要被憋死了。忽然，冰雹噼里啪啦地砸了下来，最小的如鸡蛋，大的竟好比半块砖头。那浪啊，扯天扯地。一个浪峰过来，船被抛了出去；再一个浪峰过来，船又被接住了。渔伙计们不是吐出了苦胆就是吓破了胆，根本无从下手，只听任上天安排。

在一个又一个的浪峰之后，肖老大惊奇地发现，船竟然没翻，自己还活着。这个时候，岸上的女人早已哭声一片。冰雹把田地都打烂了，那树叶一样的木头船还能在吗？哭上一阵，又憋了回去，女人们齐齐地跑到码头上等着，死死地望向轰隆翻卷的大海，彼此只说宽慰的话。祖辈上那些翻船的老故事谁也不敢提半句，就好像村后的衣冠冢从来不存在一样……肖老大与老船相依为命，彼此的悲喜是连同着生死沉浮一起完成的。二十年前，肖老大正值壮年，那个吉日，他兴兴头头地购置了渔网、渔具，在新船上贴满了对联——大桅上贴"大将军八面威风"，二桅上贴"二将军日行千里"，三桅上贴"三将军舵后生风"，四桅上贴"四将军前部先锋"，五桅上贴"五将军五路财神"，船舱内贴"船舱满载""积玉堆金"，大网上贴"开网大吉"，船头上贴"船头无浪多招宝"，船尾上贴"船后生风广进财"……终于，一切停当了，放炮仗，请财神，做羹饭，下水——二十年前的老船是个披挂齐整的新晋武王啊。

船通常需要三年两修。过去的二十年里，肖老大都是按照这个频率把船交给石老二，就像肖老大的爹把船交给石老二的爹一样。从祖上开始，石家就是半岛地区有名的船匠。凭借一把斧头、一把刨子、一把锯子、一个凿子、一些麻丝、一点油灰，石家在不同的渔村里施展着匠心和苦心。修船是一种缘分，更是一种悟性——整个木头船都是手工打造的，修补只能依靠手工推进，一寸是一寸，一厘是一厘，想快也快不起来，即便五六米长的小船，修修补补也要七八天的工夫。以前这门手艺不传外姓人，师傅门下颇为拥挤，后来木船被铁壳大船替代，再加上修船又累又枯燥，很多人转行不干了，年轻人更看不上这份出力的差事，修船匠就跟海里的鱼一样，越来越少了。

老船最后一次被修是两年前的事情了。伏天休渔，渔民进城打工，却是修船匠最忙的时候。石老二戴着草帽，衣裤严实，为了躲过毒日头，他凌晨四点半就得开工。肖老大提了茶水去看他，顺便也去看看老船。他们躲在阴凉地里歇晌，太阳白花花地倾倒而下，满世界闪着针尖儿一样耀眼的光。

"这船到年岁了。"石老二说。"我也到年岁了。"肖老大说，"春秋天跑个三五海里，捞点小鱼虾，就消停了。"后来他们又说到了各自的儿子。肖老大的儿子搞养殖，石老二的儿子开渔家宴，他们不会打鱼，也不会修船，钱倒是没少赚。

茶水浓酽才能解暑，茶锈如铁，就像岁月的坚硬。肖老大给石老二递了烟，笑眯眯地说下去——那些年，船把肖老大带到了不为人知的地方，海怪、大鱼，他都见了。大鱼的脊背是黑色的，拱形，就像退潮时露出的礁石。有月亮没有风的晚上，船把肖老大带到海中央，大鱼就会来报信，告诉他在哪里撒网能满载而归。鱼嘴一张一合，清脆的声响能在水面上走很远。肖老大就仰天大笑，那笑声甚至能把月亮击落……夏天之后，肖老大与石老二再无后会。又过了一个夏天，肖老大与老船一起上岸，渔网、渔具都撒在房顶上，老船则风化于天地之间，于是便有了开头的那一幕。也许用不了多久，人们会说，看那老船，像被狼吃剩的牛或马的骨架，也像被人或猫吃剩的鱼骨架。到那时，肖老大必定更老了，每逢涨大潮的日子，他都踽踽独行于岸滩，去看望老船。海风啸叫起来，海浪堆叠如雪，他们一起组成了举世的废墟。

（摘自《读者》2019 年第 13 期）

致 谢

　　2022 年 10 月 16 日，举世瞩目的中国共产党第二十次全国代表大会在北京召开，大会为我们今后的前进指明了方向、擘画了蓝图。党的二十大报告第八部分"推进文化自信自强　铸就社会主义文化新辉煌"为今后的文化工作提出了更高要求。在深入学习领会党的二十大精神的基础上，甘肃人民出版社按照党的二十大报告"实施全民道德提升工程，弘扬中华传统美德"的要求，策划了以"中华传统美德"为主题的新一辑"读者丛书"。丛书共 10 册，分别以"仁爱孝悌""谦和好礼""诚信知报""精忠报国""克己奉公""修己慎独""见利思义""勤俭廉政""笃实宽厚""勇毅力行"为主题，从历年《读者》杂志、各类图书及其他媒体上精选了 600 多篇美文汇编而成，我们希望通过一篇篇引人深思的文章或一个个感人至深的故事，让广大读者进一步加深对中华传统美德的认识，让这一美德在中华大地上能够得到更加广泛的传承和弘扬。

与往年一样，《读者丛书·中华传统美德读本》的策划、编辑、出版得到了中共甘肃省委宣传部、甘肃省新闻出版局以及读者出版集团、读者杂志社等各方的指导和帮助，在此深表谢意！丛书的编选也得到了绝大多数作者的理解和支持，他们对作品的授权选编和对丛书的一致认可解除了我们的后顾之忧，对此我们表示诚挚的谢意！虽然我们尽力想把工作做得更细致、更扎实，但因为种种原因依然未能联系到部分作者，对此我们深表歉意，也请这些作者见到图书后与我们联系。我们的联系方式是：甘肃人民出版社（甘肃省兰州市曹家巷1号，730030，联系人：李青立，电话：13919122357）。

读者丛书编辑组

2023年10月